走電人

李儀婷 著

獻給我的父親　李浩

謝謝你，一直默默守候在戲台下

做我最忠實的讀者

名家推薦

李維菁（小說家）：

李儀婷的《走電人》彷彿是個現代寓言：男孩和阿公在小村落共同生活，阿公是走電人，每天在電線杆上飛的時間比在路上行走多得多。他以為阿公是飛簷走壁人，是個有愛心的愛鴿人，然而逐漸展開來的畫面，卻讓人驚悚，讀者慢慢體會到，這故事並不是鄉土不是懷舊，而是冷冽無望的悲劇。

李儀婷這部書中所收錄的十二篇短篇小說，全圍繞著同一個核心意象衍生開展，小說皆以少年第一人稱敘述，恍如未知善惡的人生初期，鏡子般眼睛映照眼前的賤民生活；她所挑選的都是現代社會最角落處那些似乎根本不曾接收到文明清洗之人，走電人、躺屍人、乞討者、招魂者；故事中人如獸如蛆蟲，因窮困而生的惡欲淫亂，因無知而注定的一世懵懂，亂倫、飢餓、暴虐、奸邪、性錯亂。她刻意用天真寫悲哀，當悲哀逐漸籠罩，直接消融了一個人的存在：活著就像死一樣，死了也永遠不會散去。

不過這次她寫的終究並非成長小說，因為這些主人翁並無成長的可能，那雙眼睛自始至終未分善惡，未明世故，只是哀傷，他們的靈魂注定長大不了。每篇故事都有明確的鄉野地點，然而她描寫的故事卻完全沒有鄉土故事或鄉野傳奇之感，彷彿這些地點可以代入古今或東西的任一時空，她不寫實而寫半虛，喜以華美畫面描寫死亡，創造奇異之境，部分篇章甚至頗有搜神之感。

郝譽翔（國立台北教育大學台灣文化研究所教授）：

在《走電人》這本小說集中最頻繁出現的主角是「父親」，他們可以說是一群另類的「做工的人」：走電工、捕魚人、撿大便、街頭藝人、魔術師、陣頭……，也有的什麼都不是，而是一個無所事事的流浪漢、失蹤者、無業遊民。

如果依照社會的定義，他們是徘徊在人生邊緣的失敗者，然而來到了李儀婷的筆下，文字為他們添上了華美的想像力翅膀，帶領他們飛離了這一粗糙又庸俗的現實日常，而升入了充滿魔幻詩意，哀傷卻又歡樂的天堂。

李儀婷慣常借用孩子的角度去敘述這樣的人物，帶著點黑色幽默與童趣，既是新鄉土寫實小說，卻又是洋溢著童話風的狂想曲。在孩子的眼中，父親不都是如同神一般的存在嗎？驚人的是，《走電人》藉由這些結合了失敗者、詩人與神多重形象的「父親」們，而在讀者的眼前攤開了一幅台灣地景和族群多元的織錦，從新社、基隆港、坪林、金山、旗山……，從本省、外省到原住民，整個島嶼彷彿躍然紙上，那是一個沉澱在土壤深處，但也因此醞積了豐沛生命活力的底層台灣。

陳芳明（國立政治大學台灣文學研究所專任教授）：

李儀婷是屬於六年級的作家，她的排行應該是與當年的８Ｐ並列在一起。這個作家群曾經被定位為「新鄉土」或「後鄉土」作家，台灣文學研究者范銘如曾經有過深入的討論。在文學景觀中，任何的命名往往會引起爭論。不過，這個世代的作家，確確實實創造了全新的說話方式。他們所面臨的時代有一個共同點，便是進入文壇之後，台灣社會已經解嚴。對於新世代的創作者而言，他們不會像前輩作家那樣，必須背負著政治權力干涉的陰影。李儀婷出現時，似乎與８Ｐ一樣，受到文壇的矚目。

事實上，以新鄉土來定義李儀婷的作品風格，應該也是恰如其分。她與同世代的作家出現差異之處，就在於她在書寫時維持著一定的腔調（tone）。這種腔調非常貼近鄉土人物，無論是台灣鄉土或中國鄉土，她總是能夠準確掌握。這部小說裡的主題作品〈走電人〉，顯然在腔調的把握上特別吸引人。所謂腔調，當然與語氣的抑揚頓挫息息相關。這篇小說寫的是阿公，卻襯托出一位女孩的成長故事，如果稱它為成長小說亦不為過。小說開始是以男孩身分出現，結束時才又還原為女性身分。身分的轉變與阿公的工作緊密結合在一起，節奏緊湊，故事特別精彩。

另外一篇小說〈狗日的父親〉，描述著父親回山東鄉下探親的故事。李儀婷頗能掌握山東話的腔調，絲絲入扣，完全融入了家鄉的日常生活。一位已經習慣台灣生活的外省老爸，回到自己的故鄉後，竟然格格不入。透過語言的表達方式，不免讓讀者興起鄉關何處的落寞。在年輕作家族群裡，幾乎可以察覺李儀婷是少有的作者，對於小說人物的說話方式特別關注。這種腔調的運用，可以把讀者帶進小說的情境裡。在閱讀之際，讀者簡直是身歷其境。這種說故事的技巧已經與作者的生活經驗密不可分，她所說的故事，總是在讀者面前浮現生動的畫面。這樣的腔調，已經為新鄉土小說注入全新的生命力。

代序

無時間之人

許榮哲

李儀婷的上一本小說是《流動的郵局》，故事裡的流動郵局車隨著表定的時間，出現在部落的各個地方。時間的規律，讓人們知道車子將開往何處，人們只要專心看作者安排好的故事就行了。

那是一種被安排好的時間，社會化的時間：學生的課表、上班族的打卡、日曆上的假日。

但來到《走電人》這本小說時，時間突然不見了，敘事者在故事的時間裡穿梭來回，但讀者我們卻渾然不覺。

那種感覺像我們開開心心的玩耍，當你驚覺時間時，已經夜色全黑，整座遊樂園空蕩蕩的，只剩下你一個人。

這時，你才驚覺時間怎麼過得這麼快，或者應該說：你完全沒意識到時間，時間到底去哪兒了？

就像你讀〈走電人〉時，不知不覺就已經讀到最後一行。

最後一行是「高壓電除了通向死亡，其實並不通往任何地方。」

敘事的聲音拉著你在時間的國度裡穿梭來回，它是如此的自由，自由到彷彿沒有時間。

關鍵字出現了：沒有時間。

如何解讀《走電人》這本小說，我個人認為只要讀通〈走電人〉這篇同名小說，以及裡面的「時間」，你就拿到通往入口的門票了。

先說結論吧，〈走電人〉其實是一篇貌似天真的「恐怖」小說。

最表層的故事是這樣的：敘事者是個女孩，她的母親未婚懷孕，所以從小就由阿公撫養長大。阿公是個可愛的老渾蛋，一開始以擄鴿為業，後來以偷電為生，他們祖孫倆相依為命，生活在南部某個純樸的小村落。

但事實完全不是這樣……

敘事者早已經不是女孩，而是個不知年齡的女人，她不是遺腹子，而是亂倫生下來的孩子，但亂倫不足以形容，更精準的說法是她出生於一個亂倫家庭。

她是母親與阿公亂倫生下來的小孩，十三歲的時候，又遭阿公亂倫，最後阿公莫名其妙的「永遠」消失。

以上，百分之九十九是真的，但為什麼讀者看不出來？

原因是……告訴我們這個故事的人是個「有問題」的敘事者，不過她倒是沒有說謊，只是她分不清現實與虛幻的分際，因為她患有精神上的疾病。

為什麼我會這麼想？

首先，乍看是女孩的敘事者，天真到了極點，阿公明明是擄鴿獵人，但她從口中說出來的，卻是歡天喜地帶著玉米、鍋蓋、電網，去熱烈歡迎鴿子的慰勞團團長，後來還因為太有愛心，被帶去警察局接受表揚，而且一表揚就是好幾天。

我常講，小說出現「不合理」的情節時，有兩種可能：如果是優秀作品，它指向的是「意有所指」。如果是失敗作品，它指向的是「Bug、錯誤、王八蛋，浪費讀者的時間」。

當然，你可以說敘述者純粹是天真，不懂事，因為她還是個小女孩嘛。

「只發生過一次的事情，等於沒有發生過。」沒問題，我再舉第二個例證。

其次，敘述者不只沒有「現實」感，同時也沒有「時間」感。從她口中說出來的故事，時間不斷在流動，像風一樣的流動，像意識一樣的流動，一開始我們只覺得：嘩，這真是一篇「腔調」迷人的小說。

但這篇小說的腔調是怎麼來的？不是文字，這篇小說的文字非常平實。它的腔調其實是「貌似」天真，像個六、七歲小女孩傳遞出來的。

不，我說了，敘事者是個不知年齡的女人，她完完全全沒有時間感。那來自於對自己身世以及被親人強暴之後，精神狀況的不穩定，於是自動開啟了心理的保護機制，回到了童年的愚騃時光。

最後，小說告訴讀者，「從那之後，阿公就再也沒有回來過了。」

阿公去了哪裡？小說沒有交代。

但順著上面的恐怖線索往下推理，答案有三種可能：

一、阿公被電死了。（機率不高，這沒什麼不能說的）

二、阿公被村人打死了。（罪證不足，村人沒有惡的前科）

三、阿公被敘事者殺了。（機率最高，敘事者有不能說的理由）

我知道，這樣拆解小說，實在是太殘忍了，因為看第一遍的時候，故事裡的南部小村落看起來是如此的純樸，但內裡卻是罪惡叢生。

故事裡的阿公是這麼的可愛，只是有點小奸巧，但事實的真相卻是他雙重亂倫，先染指女兒，再染指孫女（同時也是女兒）。故事裡的敘事者是如此天真、可愛的小女孩，但事實上，她是個患有精神疾病的女人。

寫到這裡我都快哭了，作者實在太殘忍了，她對她筆下的角色太沒有同情心了。但轉念一想，作者迂迴的隱藏，讓讀者看到一個南方鄉土小人物的可愛故事，這何嘗不是她對筆下人物的同情心呢？

沒有時間。

讓人想起愛因斯坦「相對論」裡的一個概念：時間根本沒有過去、現在、未來之分，時間就是時間。過去、現在、未來純粹是個幻象，但這個幻象非常頑強，頑強到人們難以抵抗。

我對上面這句話的理解是：越理性的人，時間感越強；時間感越弱，代表越感性。如果完完全全沒有時間感呢？

代表感性到了極致，更純粹，更接近真實。然而在我們這個強調「理性」的現實世界裡，百分百的純粹與真實令人感到顫慄。

顫慄分兩種，一種是小說角色的悲劇，另一種是小說作者的才華。

目次

5 名家推薦
9 代序——無時間之人 許榮哲
17 走電人
29 探底
41 迷路的水手
51 虎神
73 躺屍人

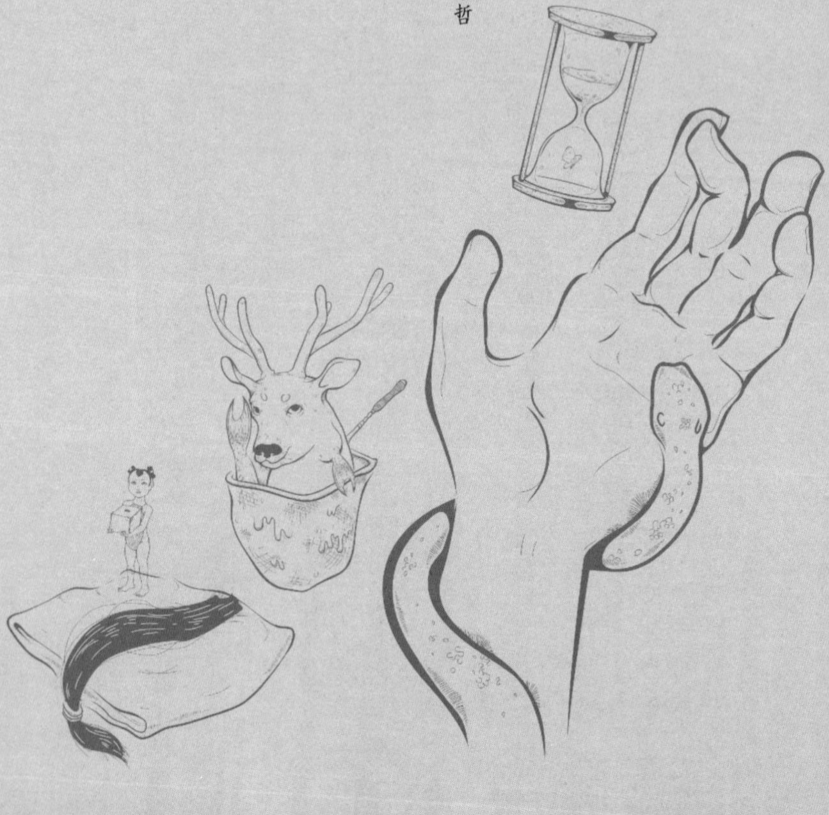

紅・黑蛾 95
敵人來了 111
不完全碰撞 137
撤退路線 153
神明 179
理 201
狗日的父親 211
後記——幸運女孩 235

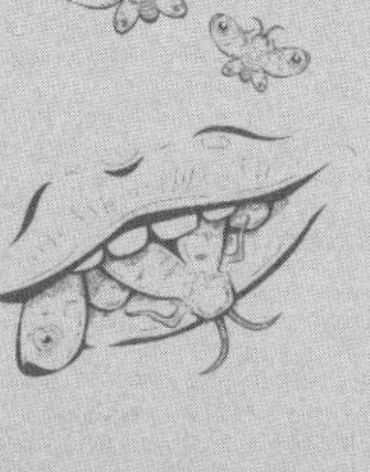

走電人

在十三歲之前，我還是個男孩。

那時，我阿公經常指著我全身髒兮兮又破爛爛的衣服，說：「我做走電是工作，沒得選，但是汝一個好好的女孩，卻跟男生一樣整天爬電線杆，不像話。」

我不太清楚我阿公到底想說什麼，因為阿公每次罵完之後，他就會想起他的衣服或工具還掛在村裡的某根電線杆上。阿公會用大手把我的頭一轉，指著村裡某一根電線杆：「看到嘸？」我點點頭，然後阿公就會像是拍打小馬那樣拍打著我的小屁股，說：「緊拿下來。」阿公說，不趕快把掛在變電箱上頭的東西拿下來的話，電線很容易短路，要是造成整村跳電的話，他就有得忙了。

於是，我又去爬電線杆了。

阿公是個看起來讀過很多書的人，但是他的身上卻有一股聞起來刺鼻的焦味，村莊裡聞過的人，都說：「那是電ㄟ味。」

每天，阿公都腰掛修電工具的腰包，胸前綁一條粗麻繩，然後像猴子抱大樹那樣，利用麻繩一勾一拉，俐落的把自己帶到電線杆的最頂端。

阿公如果不是在村頭的電線杆接電，就是在村尾的電線杆上剪電。每天老舊更新的電線總是很多，所以阿公在電線杆上走電的時間，總是比在地上走路的時間長。

如果村子裡所有的電線杆上都找不到阿公時，那他肯定是順著村裡電線杆上的電線，走到別的村莊去了。阿公說，做這一行像巡田，只要有電線的地方，都該去巡一巡看一看。但是奇怪的是，阿公走的電，都是私電，沒有一條是經過安全局蓋章保證安全的。

阿公住的村落很熱，在屏東靠山的鄉下，阿公說，要不是他做的是走電的工作，這個地方根本不是人住的地方，因為每次別的地方在下雨，這個地方不是出大太陽，就是颳起會咬人的風，把人的皮膚和農作物都咬得燒焦。我問阿公，在那種會把人燒焦的風底下，就適合在電線杆上工作嗎？阿公的回答很妙，他嘿嘿笑著說，就是因為這裡的太陽很大，電容箱才容易被太陽燒壞，這樣他就不怕沒有工作可以做了。

這裡除了熱，就數鳥屎最多。

在我們這個村莊裡，除了有海鳥盤據，也是賽鴿的必經之地。鴿子從別的城市聽到比賽的槍響，啪啪飛出海，然後在海浪最高的海際線折返回來。我不知道那些鳥是怎麼把這麼複雜的飛行路線，記在葡萄乾似的腦子裡，也不知道牠們飛完全程之後，會不會有人像阿公罵我不像個女孩那樣，罵那群鴿子整天只知道飛，無所事事。我只知道鴿子群只要順著海風，從屏東的海邊飛進村莊時，天氣就會變成陰天，而且很快就會下雨。

這種雨下起來的時候，整個村莊都會變色，不只地面、屋頂，甚至晾在庭院的衣服，只要被雨滴淋到，都會變成綠色，而且其臭無比。

那是鴿子大便。

每次在下大便雨的時候，我都會看見阿公的眼睛在發紅。我以為阿公是在生氣，就拍拍阿公的背說：「天一黑，等鴿子睡覺之後，臭雨就不會再下了。」要他再忍忍。但是阿公卻咧著嘴，嘿嘿的說：「妹仔，這麼好康的雨最好永遠不要停。」

鳥大便真是一樣不可思議的東西，我原本以為鳥屎應該很令人討厭，但是我阿公住的村莊，每個人一看到綠色的大便雨來了，就像看到寶。整村的人都會帶著玉米、鍋蓋、電網，循著鳥屎，說是要上山慰勞鴿子的辛勞。阿公在還沒做走電的之前，不僅是慰勞團的基本團員，還曾經獲選好幾屆的團長，帶頭上山勞鴿。

每次阿公慰勞完鴿子的辛苦之後，都會順便帶幾隻迷路的鴿子回來。我問阿公，鴿子都是用飛的，有可能迷路嗎？那時阿公正在看鴿子腳上的腳環，準備打電話給鴿子的主人，要把鴿子送回到主人的手上，聽到我說的話，阿公就用電話敲我的頭：「把妳的手砍斷好不好？」我說不要，痛死了，阿公就說：「那就對了，妳不會飛，都不肯把手砍斷，鴿子就算會飛，也是會迷路的。」

我沒看過像阿公這麼有愛心的人，後來我阿公好像因為太有愛心，連同迷路的鴿子一起被請去警察局接受表揚，而且一表揚就是好幾天。

我阿公從警察局回來的那天，我問他：「迷路的鴿子呢？怎麼沒有一起回來？」阿公臉色很難看，說：「牠們翅膀硬了，都飛走了。」那天阿公喝了很多酒，最後還爬上電線杆，大罵那群鴿子的主人忘恩負義。我從來沒看過阿公喝那麼多酒。酒醉的阿公最後還被漏電的高壓電電到，整個人倒掛在電線上一整夜，沒人發現。

大概是從那時候，我阿公身上開始流有電的氣味。

我阿公是個有情有義的人，被高壓電電到之後，為了感謝高壓電沒把自己電死，立刻做了走電人。做走電的，每年總是會電死那麼三五個人，遇到修大電塔的時候，那就熱鬧了，一漏電，就是像串烤小鳥一樣，電線上經常電死一串人肉棒。

但是說也奇怪，自從阿公在電線杆上喝酒醉，被高壓電電到之後，他就再也沒被電過了。

我媽懷我那年，走投無路，只好挺著大肚子回到屏東找阿公。我媽一見到阿公，立刻放聲大哭，一聽到我媽哭，阿公表情古怪的說了句：「放心生，有我在。」我媽聽到阿公這麼說，突然不哭了，瞪了阿公一眼，說：「你要養！」

我媽生我的時候，阿公是站在電線杆上，透過窗戶，咧著嘴，看著我媽把我生下來的。阿公說，我剛生下來的時候真醜，身體黑黑焦焦的，像是被電火球燒過一樣，但是還好模樣長得很像他。

我媽把我生下來之後，不知道是因為我長得太醜，還是怎麼地，隔天一聲不響就跑了，把我一個人扔在屏東，不管我了。

後來，我是在阿公背上長大的。

我從來不知道時間是什麼東西，所以也不知道自己應該幾歲了，我只知道剛開始的時候，阿公可以從我的重量感覺我一天天在長大，可是等到有一天，我可以從阿公的背袋爬出來，自己用雙手像隻猴子在電線杆爬上爬下時，阿公便認定我已經永遠長大了。

我沒有上學，當我長到應該要去上學的年齡時，隔壁的嬸嬸當著我的面，皺著眉頭對她丈夫說：「阿水的查某囡仔真可憐，全家亂亂來，害查某囡仔沒辦法報戶口，也沒辦法去學校讀書。」那時我才知道自己已經到了該上學的年紀了。

沒辦法上學的日子，我就學阿公爬電線杆，不知道是不是遺傳了阿公不怕觸電的血液，我從來沒被高壓電電過。

自從阿公自願地當上走電工之後，就不再去山上慰勞鴿子了。每年當村子裡又下起臭雨的時候，我會抬頭看著正飛過村莊上空的那群鴿子。那群鴿子必須飛過阿公家後頭的大武山，然後沿著山稜線直飛，飛過中央山脈，才能抵達牠們出發的起跑點。

每次一想到這群鴿子必須飛這麼遠才能休息，就覺得牠們很笨。這點我阿公比牠們聰明多了，因為阿公每次工作，都會在一大早拿著梯子，一邊跟鄰居抱怨自己命苦，年歲這麼大了，還要養孫女，然後一邊出門工作。鄰居的阿嬤、阿姨、叔叔，聽到我阿公這麼辛苦，都會跟我說：「妹仔，妳阿公這麼辛苦養妳，妳大漢之後要多孝順阿公，知嘸？」我沒說好，也沒說不好，只是咧著嘴呵呵的笑。因為我知道只要我一轉身回家，就會發現阿公早就爬上村外的電線杆，沿著纜線一路走回家裡的二樓睡回籠覺去了。

我第一次發現阿公明明扛著梯子出外工作，一轉身又出現在家裡的床上時，就問阿公，不是去走電嗎？阿公說：「阿公是做走電的，又不是做苦力，」阿公敲敲他的腦袋，「走電是要靠腦子，不是靠力氣，要不然遲早被電死，知不知道？」我點點頭，又搖搖頭。

我覺得阿公講的話很有他的道理，只是阿公走電的方式跟別人不太一樣，別人是只要上級下令哪個地方電路出現問題，無論再怎麼困難，都一定要趕到現場維修。但是阿公走電向來獨來獨往，而且不知道是走電的能力不好，還是能力太好，他走電的區域從沒走出屏東以外的地區。阿公說，做人不能貪心，光是屏東就夠他賺一輩子了，其他的，就留給別人賺好了。

阿公和別的走電工最不一樣的一點是，別人走電都是整天在大太陽底下，做工做到全身虛脫，但是阿公卻是每個月固定時間，在陰涼的樹下算別人給他的電錢，算到手軟。

阿公剛開始做走電的那幾年，村莊裡到處都聽得到大家叫「阿水」的聲音。阿水是阿公的名字，只要一聽到有人叫他，阿公就會爬上電線杆，在電線上飛奔起來。

阿公說，這個村莊有沒有人情，看掛在門外的電表就知道。電表記量越低，人情味就越高，阿公賺的生活費也就相對越多。

不知道從什麼時候開始，我經常在夜晚被屋外電纜線發出滋滋的響聲給吵醒，其實不只是電流的聲音，就連老鼠在天花板尖叫的吱吱聲，都會把我嚇得不敢睡覺。大概是阿公走電走多了，我總覺得總有那麼一天，會有一處正滋滋漏電的高壓電，等著阿公去走那麼一下。每次一想到有一天阿公可能出門走電，就不會再回來了，我就害怕的爬上二樓的窗戶，坐在電線杆上等阿公回來。

在等待的過程中，我會看見我和阿公居住的村莊上空，密密麻麻布滿了電線，而且每一處電線交錯的地方，隨著從海邊吹送過來的海風，在暗夜裡滋滋的冒著紅色的火花，好像預備把整個村莊燒掉。

在高空的電線上走電真是個奇怪的職業，這種隨時都有可能會因為觸電而死亡的工作，為什麼還有人要做？照我阿公的話說，屏東太熱了，與其走在柏油路上被太陽曬死，不如做走電，說不定能沿著高壓電走到別的地方看一看。

我想阿公真的很適合做走電工，阿公在我十三歲的時，先把我從男孩變回女孩之後，然後捏著我的大腿，嘿嘿的跟我說：「妹仔，阿公要去走電了，妳好好顧家。」「我也要去。」阿公說：「走電很危險，妳不准走了，再走下去，妳總有一天會被電死。」

從那之後，阿公就再也沒有回來過了。後來我一個人在屏東的小村莊長大，並且開始像個女人一樣的生活。有時候會有新的走電工闖入我家，提醒我是個女人的事實。日子過得痛苦時，我會抬頭看看天空上飛過的鴿子，以及天空中交錯的高壓電。我以為總有一天，我會踩在交錯的高壓電上，離開這個城鎮，但是後來我才知道，高壓電除了通向死亡，其實並不通往任何地方。

（本文獲二〇〇七年第三十屆時報文學獎小說獎首獎）

探底

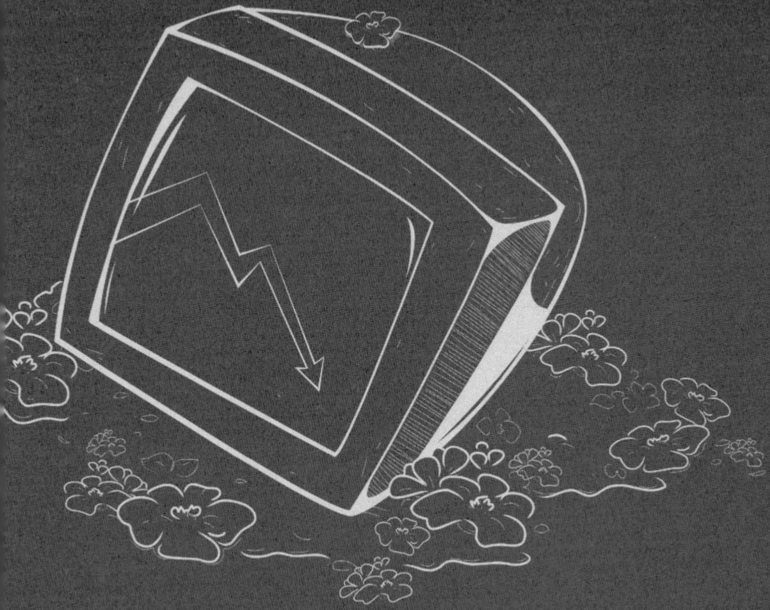

升上國中那年，不知道是我頭髮顏色太過礙眼，還是造型太過搶眼，我被槍仔盯上了。

槍仔是學校的角頭，比我高一個學年，個頭卻比我矮半截，但是大家心裡都清楚，他不應該只長我一年，而是早就該畢業了，但是槍仔卻愛死這所學校，根本不急著畢業。

我爸說，這叫軟土深掘，能深挖的土壤就能翻出意外的收穫，誰會捨得放手。

我不知道學校的土地，是不是真的像我爸說的一樣有那麼軟，我只知道我和我爸那時剛搬到新社，對一切都還在適應，對周遭環境也還在融入。

新社是個終年都會起霧的地方，雖然海拔不高，但相對周遭地勢，算得上是高山泰斗。因為曾經地震引發走山，因此這裡一年到頭不是風沙漫漫，就是煙霧裊繞，眼睛一睜開不是看不到就是痛到沒辦法看。

剛搬去時，我就經常看不清環境而迷路，我跟我爸抱怨，為什麼要搬來這裡？我爸說，因為現在只有這裡是相對低點，我瞪我爸一眼：「一會兒說這裡地勢相對高位，一會兒又說這裡是相對低點，你就是這樣搖擺不定，我媽才會跟別人跑掉。」我爸一聽，一掌從我後腦杓打下去：「不肖仔，你以為我願意，不搬來這裡難道要搬去海上？那不是叫我去自殺嗎？」

我不知道為什麼在這樣什麼都看不到的環境裡，我還會被槍仔盯上，也許他跟我爸一樣，練就了一雙能在火霧的環境裡看中目標物。

我爸常說自己是站在巨人肩膀上、活在世界的頂端，以及和全世界的財富接軌的人。不過了解內幕的人都知道，他不過就是活在證券交易所的小辦公桌前，整天盯著電腦，心臟跟著全球的財經，一起上下震盪的理財經理人而已。

在新社這樣一個小鄉鎮的證券所上班，是一件很奇怪的事。因為這裡的居民為了改造生存方式，全都積極投入花卉的種植，希望能讓這裡的花田開出市場的紅盤。但在成功之前，花農連生活都有問題了，哪裡還有錢買賣投資股票。但是我爸卻說，有沒有錢不是問題，有膽就行了。

我不知道我爸說這話的意思，是不是叫住在這裡的人去賣器官賺錢，我只知道我爸說這話的時候，正在電腦前面一邊點著菸，一邊顫抖著手，操作股票買賣。這天股市開高走低，重創三百多點，來到二十二年來的歷史新低。我爸趕在交易時間結束前，將手上所有股票都斷頭贖回，我爸說要是再這樣下去，他真的要去賣器官了。

我爸雖然是理財經理人，但是只有在少數機會下才幫人處理證券交割，其他時間都只是在做股市分析，或者操作自己存簿裡所剩不多的存款，以便驗收他預測未來走勢是否神準。不過跟他相處過的人都知道，他是個觀念正確，術語很多，眼光卻很少準確的投資經理人。

我爸經常掛在嘴邊的一句財經術語是：「逢低買進，逢高賣出是廢話，逢低融資，逢高融券才是真英雄。」

我爸是不是英雄我不知道，我只知道他為了幫忙宣傳新社的花卉農產品，為新社獨有的品種花——社子花，製作了一套網頁軟體，只要有讀者點進網頁，瞬間就會啟動跳窗裝置，開出像海一樣湛藍的社子花。我因為好奇，用我爸的電腦點了一次，後來整台電腦螢幕開出社子花時，把我嚇傻了，因為直到我想關機睡覺時，它還在那裡兀自綻放花海。我問我爸，為什麼他設計的宣傳網站這麼奇怪，他說徹底的毀壞才會變成最珍貴的寶藏，例如長毛象，所以最好的宣傳就是巨大的破壞，叫我不懂別亂插嘴。

我照我爸的意思沒有再為這件事情跟他頂嘴，我只在班上同學大罵那個網頁設計者是個混蛋時，把我爸說過的話一字不差照實說出來，結果我爸隔天就被請去警局網路偵察組，幫忙採收那些不停在電腦螢幕上綻放的社子花束。

我不知道我爸到底在為新社宣傳還是在搞破壞，但是可以確信的是，台灣各個角落的網路愛好者都因此認識了新社，也見識了新社花海的壯觀與憤恨，他們稱開在螢幕上的社子花為「螢毒花海」。

如果拿我爸跟槍仔比起來，他們兩個很像，都是在尋找賺錢的管道和方法。唯一不一樣的是，我爸只靠一張嘴和電腦，而槍仔卻是拳頭緊握，靠肉搏戰在校園和街頭真槍實彈求生存。換句話說，我爸全身上下活著的地方只有那張嘴，而槍仔則是全身上下都活著。

我就是假日在新社花田遊蕩時，被槍仔盯上。

那天因為是休假日，新社湧進了大批的人潮、車潮和攤販，只為了觀賞在網路喧騰一時「螢毒花海」的真面目，因此儘管山裡霧茫茫的一片，車子還是一輛接著一輛不分彼此的進入新社。

我不懂朦朧一片的山區花田有什麼好看的，但是我爸說，就是因為看不清楚，才有這麼多人來，要是都看清楚了，就玩完了。我不服氣的說：「又不是長得像恐龍的女人，哪有這麼容易見光死。」我爸突然拉扯我自豪的頭髮，說：「這個地方不是坍方就是土石流，還有人願意在這裡生活，難道不是奇蹟嗎？」我一臉茫然的看著我爸，說：「你是輸錢喔，輸錢有必要這樣子嗎？」沒想到我爸卻摸摸鼻子，回我一句：「放心，我在探底，一切都在我的掌控之中，倒是你不要太早被槍仔探到你的底，不然你就永遠沒辦法翻身了。」

世界就是這麼奇妙，有人在探我的底，就一定有人在等著探另一個人的底，就像我爸在探新社的底一樣，我爸在等新社復甦的時機，這樣他就可以趁勢爬到高點，小撈一筆，但是時機得自己等待、判斷。

槍仔盯上我那天，很明白的告訴我，他有的是時間跟我耗，要我識相的話就別反抗。我想他說這話的意思應該是：他吃定我了。他說這話的同時，還把他一隻臭腳踩在我的臉上，讓我沒辦法說好，也沒辦法說不好。

我對於槍仔會盯上我這點感到很疑惑，因為我的個頭既不弱小，家裡也並不怎麼有錢，他到底是看上我哪一點？

我回家跟我爸抱怨這件事的時候，我爸一面盯著電腦美股大盤走勢，一面回答我：「那代表他看好你，你是績優股，就是有潛力的意思，只是現在你對他來說還太高價，所以他在等你回檔變弱以後，再一口把你給吞了。」我跟我爸說，我又不是股票，什麼潛力、績優、高價，關我屁事。我爸頭也沒回，只是推了推眼鏡，繼續專注的盯著電腦螢幕，他的眼鏡上反射出花花綠綠的一堆數字，像偵探即將偵破案之前那樣綻著反光，說：「你爸分析精闢，預測神準，信不信由你。」

我爸說這話的時候，我想起我蹩腳的卡奇制服還沒燙，於是趕緊在我爸的書房裡清出一塊地方，準備將我的卡奇制服燙出理想完美縐褶曲線。

我爸不知道假裝還是故意，走出書房時竟然從我的制服上踩過去，留下兩個拖鞋印。我很生氣，用手抓了一撮前額微微燙金的瀏海，用手指上捲子再放開，說：「幹什麼啦！」我爸推推他的方塊眼鏡，說：「年輕人很衝喔，就算想要追低也要衡量口袋的深度，不可以貿然跟進。」我氣得把我爸推了一把：「煩死了，每天講術語，你就不能好好說話？你一個月是從股市裡賺了幾億？」我爸伸手將我的手一拉，屁股一頂，把我整個人過肩摔，摔出書房。「你很笨呢，這個意思就是不要輕易貿然出手，也不要輕易屈服，這都不懂。」我越想越惱怒，準備跟我爸理論，但是我爸卻用手指頂著我的額頭，淡淡的說：「還有，想賺錢之前，補習費是一定要先繳的，那是一種投資。」我爸說，就像新社人一樣，勤奮花農的花田不一定美，但是沒錢花農所種出來的花海肯定漂亮，因為他們已經走到絕境，想奮力一搏。

我個頭雖然長得還不賴，但是我爸說錯了一件事，我根本沒膽跟槍仔奮力一搏。雖然槍仔在校園裡從來不帶武器，但是他說的話就像子彈，不聽就死定了。他將槍把瞄準我那天，我就很想掙扎，但是一聽到他只要我每個禮拜給他一千元，我就可以跟往常一樣過日子，我就放棄跟他討價還價了，因為這點錢我想我爸還付得起。

我跟我爸拿錢想堵住槍仔的子彈時，我爸問我做什麼用，我老實跟他說都是因為槍仔，那時我根本不知道我爸所有的資金即將慘遭斷頭，他面對我的索討，仍舊裝成一副老子是財經專家那樣，從皮夾裡拿出一千元大鈔：「錢，可以給他，但是你得設停損點。」我跟我爸說：「又不是在玩股票投資，設什麼停損點，只要把錢拿給槍仔，就沒我的事了。」我爸點頭：「那也可以，只是你要拿什麼來跟我換錢？」我笑著說，我要是有東西可以換錢，還用得著跟你拿錢嗎？

我爸不以為然，他說：「什麼都可以換錢，信用、土地、房子都行，就看你敢不敢換。」說完，我爸用手指著新社山區停在花田裡停耕的堆肥機說，不然你以為那是怎麼來的？我搖頭，我爸又說，難道你真的以為他們種花只是為了種出花海？我一臉茫然看著他。我爸用手掌拍著大腿，打出「啪啪」的聲響，他說：「難道我這樣打自己的腳，只為了打出聲音？」我還是不懂我爸在說什麼，只好對他做了一個無可奈何的表情，他捏著我的臉：「笨死了，這樣打當然是為了引起別人的注意，懂不懂？」我點點頭又搖搖頭，我爸攤開手，做出受不了的表情說：「把種子灑下去，當然是為了要栽種出人潮來，不然你叫他們怎麼活。」

我對於我爸那些論述聽得很不耐煩，就像花農對花卉過敏一樣，我只想趕快離開讓我反感的地方，於是我告訴我爸，我什麼都願意換，我爸則舉起手指頭，比了個NO的姿勢，說：「那不叫交換，那叫融資。」我爸把手指換成勾指的動作，一面叫我走向前，一面用手指著電腦上的某一支股票歷史走勢圖，「你知道這是什麼嗎？」走勢圖呈現垂直陡降的險坡曲線，我搖搖頭說不知道，他嘆了一口氣，表情哀傷的說：「這是我們的房子。」我笑說：我有那麼笨嗎？這可以住人嗎？我爸聽了我的話，不知道為什麼突然發火，拿起計算機，按了一堆數字，然後拿著那排數字敲打我的額頭：「看清楚、看清楚，這條垂直線代表的就是這麼多的錢，就是因為沒有設停損點，我們的房子才會回不來，你今天才會搬來新社這個鳥地方，懂不懂。」

我被我爸這麼一打，顧不得瀏海的塌陷，抱著頭竄門而出。我爸嘆了口氣把我叫回去說：「錢很快就會花光，不設停損點，遲早有一天連性命都賠上，不過在那之前，全身上下任何東西都可以像大煉鋼那樣鑄融變成金錢，但是只有一樣不能，那就是尊嚴。要是你把尊嚴給融了，你就等著斷頭家破人亡吧。」

我爸頓了頓，語氣恢復和緩的說：「好了，你今天要拿什麼來融資？」

那年夏天，股市崩盤，許多人探不了底，紛紛斷頭，而新社卻湧進了許多來看藍得無邪的社子花海壯闊的人潮。在那之前，我爸還活著，我也還活著，我們的尊嚴也都還健在，就連在電腦螢幕上不停啟動跳窗舞姿態的社子花海，也依舊綻放。

迷路的水手

我爸是個水手。

我爸的漁船就停泊在基隆漁港附近，他開始當水手的那年，我們就搬到基隆附近的漁村。我們居住的漁村是一個很奇怪的地方，每天不是下著小雨就是飄著濛濛細雨，人看人不是瞇著眼睛就是乾脆閉著眼睛。在漁村生活，看不看得清楚其實不是很重要，照我爸的話說，一切都要靠想像，就像水手永遠看不見海底有什麼，所以在這裡的人總是想像撒下網就能抓到大魚，想像賺大錢，想像自己賺了錢有發達的一天。我爸說：「要不然漁村這種地方，誰住得下去。」

漁村的道路很多，也很雜，好像隨時都會迷路，但是想要在漁村迷路其實很難，因為不管走到哪裡，總是會有人指著你家的方向，告訴你，你的家不在這頭，而是在另外一頭，有時我就會納悶，大家不是都看不清楚嗎？

我爸是個很邋遢的人，經常不洗澡，卻很喜歡跟人聊天，我從沒看過這麼愛聊天的人，好像聊天能賺錢似的。在還沒當水手之前，他經常在住家附近的市場溜達，跟市場上賣魚貨、賣菜的老闆聊天，問今天的菜價、魚價，有時還免費幫忙叫賣做生意，有他在的攤位，生意都好得不得了。回家的時候，他手上都會帶兩把青菜蘿蔔或者蛤蜊海鮮什麼的回家。我爸說，那是他一天跟人講話下來的工錢，而且重點是，他喜歡市場，因為在市場裡，魚的腥味和大家的汗臭味會讓大家聞不出他身上沒洗澡的味道，讓他很自在。

有時我爸爸也自己批貨回來賣，他有時候賣手錶，有時候賣金針鮑魚，通常生意都會非常好。照我爸的話說，做生意，只要賣得比別人便宜，管他賣什麼，一樣會賺錢。

但是後來我爸的貨被人沒收了，好像就是因為賣得太便宜的緣故，還因此到警局裡關了好幾天。被關出來時，我只覺得我爸身上的味道更重了，好像除了汗臭味之外，還多了尿酸味，真不知道他在警局裡到底是用什麼水洗澡的。

我爸從警局回到家的那天，我問他：「爸，接下來你要賣什麼？」我爸瞪了我一眼，說：「賣個屁，東西都被拿走了，沒得賣了。」那天我爸喝了很多酒，以前我爸也喝酒，每次一喝酒他就會誇獎自己很會講話，他覺得他這麼會講話，應該當總統才對，但是他又說笨蛋才當總統，因為當總統就不能隨便亂說話騙人，那樣他會很累。但是那天我爸沒有再誇獎自己很會講話，他只是不停的罵我媽，每次只要心情不好，他就會罵我媽出氣。我從沒見過我媽，所以我爸罵我媽的時候，我也沒什麼感覺，我只希望我爸罵完之後，趕快洗個澡，要不然他每次睡在我旁邊的時候，我都得被他身上的臭味嗆昏好幾次。

但是後來我才發現，我爸不在家的時候，家裡還是一樣臭，所以到後來我也搞不清楚到底是我爸身上的問題，還是家裡的問題，把我爸給搞成很刺鼻難聞的味道。

後來我爸當上水手之後，就更不洗澡了，因為他說出海捕魚的時候，海風會把身上的氣味帶走，剛好符合他要的。他說這句話的時候，樣子很得意，好像他是為了不想洗澡才去當水手，而不是為了捕魚才去的。

我爸是個說到做到的人，我五歲的時候，他說：「妹仔，明天阿爸要去做生意，是個生意人了。」隔天他就真的擺起攤位，賣起東西來。我剛上小學的時候，他說：「妹仔，阿爸決定要去做水手，賺大錢。」隔天他就真的上了船，一出海就是好幾天沒回來。後來我小學一年級都還沒讀完，他又說：「妹仔，這裡不能住人了，得搬家。」隔天我爸什麼東西都沒帶，就連夜帶著我從靠山邊的破爛房子，搬到基隆附近的漁村。

我原本以為搬家的時候應該會很熱鬧，會有很多人來幫我們搬家，要不然就是會有很多人來看我們搬家，但是誰知道我爸搬家的時間竟然在三更半夜，而且連我上學的書包都沒帶，就這樣隨隨便便搬到新家去了。

不過所謂的搬家，好像也就只是從一間破爛房子，搬到另一間用鐵皮搭蓋，一樣破爛的房子裡而已。

我曾經問我爸，為什麼要做水手，我爸說，待在台灣這種四面環海的地方，不做水手難道上山獵犀牛嗎？我覺得我爸講得很有道理，只不過我爸這個水手好像跟別的水手很不一樣，他總是在家裡等電話，電話一來，才會出海捕魚，要是沒有電話，他就只會整天在家裡蹺著二郎腿，一邊喝酒一邊盯著電話。我爸和別的水手最不一樣的一點是人家發船，通常都是天濛濛亮的時候，然後天黑之前回來，但是我爸卻是在半夜出海，天濛濛亮的時候才回來。

我爸在家裡的時間比出海捕魚的時間多很多，要是問他：「爸，今天不捕魚嗎？」他就會告訴你：「怎麼可能，水手是不能休息的。」再問他：「今天要捕什麼魚？」我爸就會回答：「嘿嘿，你爸什麼魚都捕，只要是夠大尾能賺大錢的都行。」

老實說我不太在意我爸在家的時間比較長，還是出海捕魚的時間久，我只知道自從搬到基隆附近的漁村後，每天上學我都得穿雨衣雨鞋，在那之前，我本來是穿粉紅色淑女鞋上學的，後來改穿黃色雨鞋，我的腳就變得跟我爸一樣臭，不管我怎麼洗，腳還是很臭。後來我有些明白，人要變臭，有時也是逼不得已的，像我爸。

每次我爸出海回來，都會捕一些奇奇怪怪的東西回來，大部分都是一些犀牛角，要不然就是鹿茸或者熊掌什麼的，或者是一些乾貨，只有少部分是鮮魚貨。那時我才知道，我爸說，不做水手難道上山去獵犀牛是什麼意思，原來犀牛是要在海上獵捕的。

我小學二年級時，有一次上課，老師正在說明近海捕魚與遠洋作業所捕獲的魚類差別，我很得意的舉手，把我爸在海上捕到的獵物告訴老師，結果被老師痛打一頓。後來放學回家的路上，我越想越不服氣，跑到我爸跟前跟他抱怨，我爸舉起手，好像要打我，我縮起頭，等著他一拳揍下來，結果他只是摸了一下我的頭，神氣的對我說，妳老師懂個屁，以後不用去上課了。後來我就真的沒去上課了。

沒去上課後，我就在家裡閒晃，我發現我們家很黑，就算是大白天，家裡還是很黑，而且很濕，好像隨時都有什麼東西要從地上牆上長出來。我爸的房間，是用幾塊保麗龍板隔起來的，房間底堆滿了他從海上捕獲的貨物，味道很嗆鼻，但是房間裡卻沒有窗戶，所以我對於爸爸的房間沒什麼探險的欲望，只有一次我肚子餓了，我才到他的房間找一點吃的。我爸經常跟我說，他房間裡的貨物都很昂貴，可以賣很多錢，要我不要靠近，但是那次我不知偷吃了什麼，被我爸發現，被我爸甩了一巴掌，他說那些東西都是假的，都是毒，能吃嗎？

待在家裡太危險，後來我開始在漁村閒晃。漁村的道路雖然看起來很密也很多，但是真正離開漁村的道路其實只有一條，而我家就正好臨著那條馬路，其他的路，不是被漁網或廢棄漁具船舨占滿，就是死巷子。所以居住在漁村的人，要想離開漁村，都得經過我家門口，我經常在那條馬路上等著看我爸離開。

不知道從什麼時候開始，我經常會被夜晚駛過家門口的機車引擎聲給吵醒，其實不止引擎聲，就連從海邊灌進家門的海風，也會把我嚇得不敢睡覺，可能是家裡藏了太多奇奇怪怪的動物屍體，有時一睜開眼睛，或爬起床上廁所，就會莫名其妙的看見不知是鹿還是熊，正在用一種很奇怪的表情看我。住在這麼陰森森的房子裡，讓我覺得有一天我爸一定會逃離漁村，每次這麼一想，我就會爬起來，站在外頭的馬路上，想知道我爸逃離漁村時的背影是怎樣的模樣。

在等的過程裡，我會看見曬在馬路上忘了收回去的漁網，隨著遠處狗吠，有一搭沒一搭的晃蕩，在黑暗中，好像是一隻大海怪。漁網真是個奇怪的東西，破洞這麼多卻還能捕到魚，而且更怪的是，它的破洞明明就很多，為什麼有時候還得補漁網，「補」的意義到底在哪裡呢？照我爸的話說，破洞越大，捕的魚越大尾，所以我爸捕魚從不用漁網，他說這樣他捕到的就會是整座海洋。

我想我爸真的很愛海洋，所以我從沒有等到我爸溜走的背影，我等到的都是我爸從外面帶女人回來，而且是喝得醉醺醺的正臉。我爸每次帶回來的女人都不一樣，有時他會捏著我的臉，跟我說：「妹仔，叫姊姊。」我拿開我爸的手，看了一下明明年紀就已經很大的女人，然後很困擾的叫了一聲：「姊姊！」有時候我也叫女人「阿姨」，但一樣讓我很困擾，因為被我叫「阿姨」的女人，年紀明明就很年輕，後來我才知道，對於那些女人，稱呼原來是跟年齡成反比，年紀老的就叫姊姊，年紀很小的就叫阿姨。

我從來沒有跟我爸一起出海捕魚過，因為我根本不知道我跟我爸在一起的日子會很短，在小學三年級的時候，我跟我爸說：「爸，我也想出海捕魚。」我爸那時正在幫我綁頭髮，聽到我說的話，就用梳子敲我的頭，「把妳理光頭好不好？」我說不要，難看死了，我爸就說：「那就對了，做這行有做這行的規矩，女孩子不能上船，要是上船，肯定會倒大楣。」

我不知道後來是不是因為我偷偷跑上船，讓我爸倒了大楣，我只知道沒隔多久，我爸跟我說：「我要到很遠的地方捕魚。」「什麼時候回來？」我爸說：「要捕很大的魚，要出海很久，妳不用等我的門了，自己要好好照顧自己。」

從那之後，我爸這個水手就再也沒從海上回來過了，我爸走的時候，依然是在三更半夜時走的。後來我在漁村裡慢慢長大，我有時在自己的家裡窩著，有時會在漁村裡這裡晃晃那裡看看，漁村裡的人看見我時，還是會指著我住的方向，告訴我我住的地方是在另外一頭。然後我覺得時間真是一個奇妙的東西，在我還很年輕的時候，小朋友喊我阿姨，後來變老了之後，小朋友就改口叫我姊姊了。我覺得我好像變成一張布滿破洞的漁網一樣，只能待在漁村，哪裡也去不了，而且還是一張越破越大洞的網。照我爸的話說，我應該要擁有全世界才對，但是我卻什麼都捕不到。沒有人來找我的時候，我會望著那條通往外頭世界的馬路，覺得很困惑，為什麼這麼簡單的一條路，我卻怎麼也走不出去。

（本文獲二〇〇六年第八屆台北文學獎小說獎佳作）

虎神

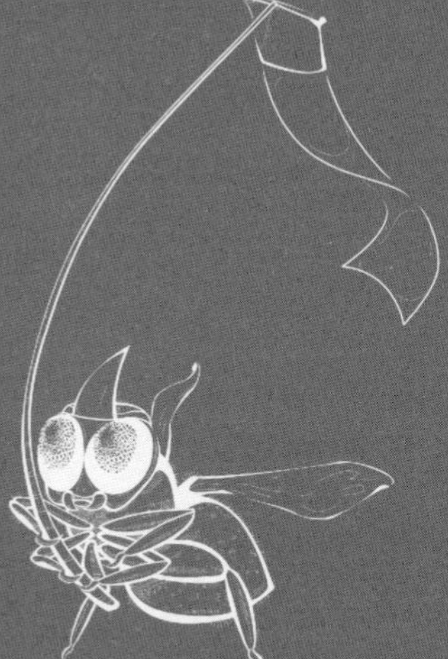

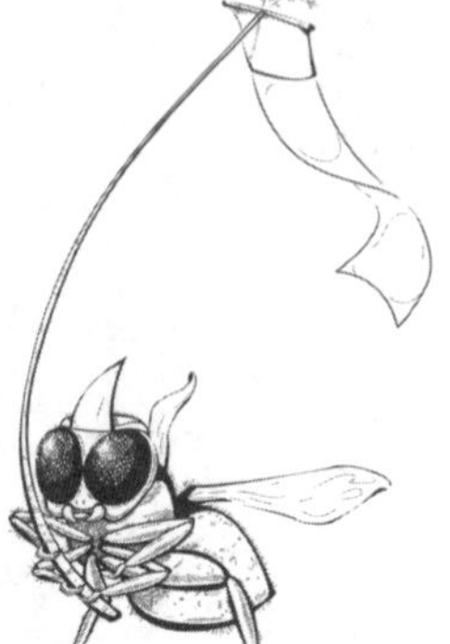

我爸是個虎神。

我爸居住的地方，就在絕不可能有老虎出沒的坪林虎潭邊。虎潭附近雖然沒有會吃人的老虎，但是那裡的蚊子比老虎還恐怖。

坪林山上的黑蚊和平地的蚊子最大的差別，就像鬼頭鬼腦的「人面蜘蛛」對上手長腳長的「旯犽」一樣。旯犽看起來雖然很像一個長跑健將，但是奇怪的是一旦被敵人發現，百分之九十九必死無疑，很少有逃脫的。這點就遠不如人面變臉蜘蛛，不僅會利用屁股上人臉（其實在蝴蝶的眼中，那根本就是花蕊）的圖樣來捕捉食物，還會用吃剩的昆蟲殘骸，事先製作幾個假分身，躲過天敵的攻擊。

話說回來，一樣都是吸人血的蚊子，平地的蚊子看上去就像是蜘蛛界的「旯犽」，手長腳長不說，吸起人血來還像個會跟人講道理的斯文單身漢（雖然會吸血的都是雌性），總是慢條斯理的獨自尋找吸血的對象，然後才彬彬有禮的停在肌膚上，好像充分告知對方說：「要開動嘍！」才插入針管吸血。

這種吸法，說白一點，只不過是加速人體新陳代謝，沒什麼大不了的。但是要是被坪林的蚊子叮咬到，可不只是促進血液循環而已，恐怕會讓心臟痲痺。

坪林的蚊子總是成群結隊，像戰術精良的轟炸機，密密麻麻從竹林裡飛出來，然後兵分好幾路做戰略攻擊，等牠們嗡嗡的從身邊飛過，全身上下就會像釋迦牟尼的那顆腦袋一樣——腫到哭爸，而且奇癢無比。

我爸還沒開始做虎神那年，就搬到坪林虎潭邊居住。有時候我覺得環境真是一種奇妙的空間，自從搬來坪林之後，我才真正體會孟母為什麼三遷。「夭壽喔，恁祖嬤咧，幹咿娘肖叮咚。」我爸還沒搬到虎潭之前，其實是個很安靜的人，雖然不至於像啞巴那樣安靜，但確實不多話，至少不會罵髒話，也不會自言自語。自從搬來坪林之後，聒譟、髒話、自言自語……，不用人教，環境自然而然的教會我爸所有的事情。

「恁爸自細漢沒這樣被虐待過，竟然把我咬成蟾蜍，疙瘩這麼多。肖叮咚再咬恁爸試看看，恁爸就出家給你們看！」剛搬來時，我爸就經常被蚊子叮到變臉，經常嚷著要出家，我抓抓身上被蚊子咬的膿包，不解的問我爸：「被蚊子叮和出家有什麼關聯？」我爸發了瘋的朝我臉上甩了一巴掌：「肖叮咚死好！」

我張著充滿滾燙淚水的眼睛，疑惑的看著我爸。我爸一臉不耐的說：「妳真憨呢，我問妳，蚊子吃葷還是吃素？」我搖搖頭，不明白我爸說的意思，我爸用一種很受不了我的愚蠢嘆口氣說：「蚊子吃人血，當然就是吃葷。」我點點頭，覺得我爸不愧是我爸，說的話還滿有道理。然後我爸又說，那就對啦，蚊子不吃素，這些死蚊子不讓我們好過，我們就出家，這樣這些死蚊子吸的血就是素的，到時看牠們先死還是我們先亡。我爸很得意自己的這個主意，他說這叫「殊途同歸」。

只要一出家，血就變成素的，我覺得我爸真的是瘋了。我摸了摸被打的左臉頰，原本想糾正他，但是我一開口，說的卻是：「你的意思應該是『同歸於盡』吧？」

我爸沒讀過幾年書，卻很愛學古人說話，尤其是那種一說出來好像很有學問的套語，以前性格還是安靜的時候，沒有用對還是用錯的問題，但是自從搬來虎潭，性格變得聒譟以後，因為從沒有認真學，所以經常一講出來不是得罪別人就是得罪自己。我爸舉起手，我以為他又要打我，用手抱住頭，結果我爸只是把我的頭扳正，然後在我臉上吐了一口口水，用手擦擦我的臉，說：「沁菜啦，管他『同歸於盡』還是『殊途同歸』，反正最後的意思都是『歸去來死』就可以了。」

我還來不及搞清楚我爸到底有沒有搞懂，不是每個有「歸」的成語都等於去死的意思，就先看見我爸從我臉頰上抹下來好幾隻小黑蚊的屍體和牠們臨死前最後吸的一口血。

我有些明白剛剛是怎麼回事了，有點憤怒的質問我爸：「你剛剛就為了打這幾隻蚊子？」我爸得意的說：「這幾隻蚊子『死有香菇』，要是再來，就算來個十幾隻，我也能一巴掌給牠死。」我聽完我爸的話，氣得對我爸大吼：「那句成語叫做『死有餘辜』不是『香菇』。還有，媽媽還在的時候，連太陽都捨不得我曬，現在你卻為了幾隻死蚊子打我，很痛呢！」我邊說邊哭。

我爸看見我哭得那麼傷心，有點良心發現的呵呵笑了，「妹仔乖，晚上阿爸煮你愛吃的豬血湯給妳喝。恁爸也喝一點，被蚊子吃這麼多血，多少也要補一點血回來。」我抹抹眼淚，跟我爸抱怨，說：「我們已經夠窮了，吃都吃不飽，為什麼還要搬來這裡讓蚊子吸我們的血？」我爸用手指敲敲他的腦袋，說：「恁爸又不是憨仔，賠本的生意誰會做。不是有一句話說，今日的犧牲是明天的收穫，這一點血的犧牲就可以換以後的榮華富貴，安啦，很划算。」

看著我爸全身上下腫得像豬頭一樣，我覺得我爸如果不是很偉大就是已經神智不清，因為被坪林的蚊子叮咬，可不是流一點血就可以了事，輕一點的傷口化膿，嚴重一點的甚至發燒破傷風。

我爸還沒當上虎神之前，其實是個撿大便的。

我爸剛投入撿大便這個行列時，我媽才剛生我，在那之前，我媽差一點因為我爸一直找不到養活全家人的工作而殺了我，還好我爸即時找到了撿大便的工作，撿回我一條命。

我爸撿的大便不是我們想像中那種化糞池抽糞那麼簡單，也不是一般人在馬路上看到，隨便打掃兩下就收工的清道夫那種。他撿的大便很稀有，照我爸的話說，他撿的是大便界的鑽石，只有內行人才懂得評鑑。我媽每次一聽到我爸說這種話，就會摀著鼻子冷笑：「撿大便就是撿大便，一輩子撿角。」我媽只要這樣一講，我爸就會嘿嘿笑，然後很靦腆的用夾子從籃子裡撿一坨屎，對我媽說，「不是所有大便我都撿，我也是有挑的，我撿的是可是生物學家最重視的水獺大便。」我爸說，水獺大便並不好撿，因為只有在低海拔隱密的溪邊才撿得到，而且一來由於水獺數目日漸稀少，二來水獺愛吃雜食，不管是魚、青蛙、蝦還是甲殼動物，甚至樹枝都吃，導致糞便經常被水鳥撿去做鳥巢，所以想找到水獺的糞便，不是勤快就能找得到。

不過糞便終歸是糞便，我爸由於長時間和水獺的排泄物相處，全身上下都是糞味，搞得整村的人遠遠的還沒看見我爸就先躲起來，害我媽也對我爸視而不見。

我媽對於我爸撿什麼大便一點興趣都沒有，更沒興趣知道我爸撿大便其實是在幫生物學家工作調查水獺的分布以及生活的型態，我媽只知道跟著我爸，這輩子不會有好日子過了。

我爸用撿糞養活了我，讓我媽覺得我這個小孩還在肚子裡就帶屎，不出生也罷。其實說起帶屎，我覺得我爸的人生寫照比我更帶屎，因為自從我媽生下我之後，我媽就經常學我爸出門撿東西：有時候是到溪邊撿柴火，一出門就是兩個月不回來；有時候是出門撿破爛，一出門就是半年才回來；後來她又說她出門去撿便宜，這一出去就是三年，結果什麼便宜也沒撿到，還被人占便宜。最後一次我媽要出門，我爸問她要去哪裡，我媽歪著腦袋想了想，說：「去撿骨！」我爸終於忍不住大聲的質問我媽說：「有人這樣撿的嗎？」我媽看看我爸的臉，又看看他身邊那一簍水獺糞便，很生氣說：「你連大便都能撿了，我有什麼不能撿的！」然後我媽這一出門就再也沒回來過了。

我媽走後，我爸也跟著消失了。

因為我爸從來沒有離家出走過，所以我以為我爸永遠不會回來了。我坐在溪邊的河床上，有時看看頭上飄過的雲，溪邊的雲不知道是不是有溪水映襯的關係，總是顯得特別柔軟細緻；偶爾也低頭看看溪邊的石頭，這裡的石頭，大概是經常被湍急的河流沖刷的關係，石頭的肌理顯得特別溫潤圓滑。

玩累了，我就闔眼睡一會兒，肚子餓的時候，我就用樹枝刮一片青苔，隨便在熱鍋裡煮開了餬口，吃飽了就繼續倒在平坦的石頭上看星星，日子就這麼輕鬆的過去了。日子過得無聊的時候，我就到溪裡面去撈死掉的蝦殼，串成首飾。那是我媽教我，每次我媽只要一生我爸的氣，一看到我送她蝦殼項鍊，就高興得什麼都忘了。

一想起我媽，我就難過起來，我想我大概一輩子都看不見我媽了，終日只能聽溪水暴漲又乾涸的水聲過日子了。

就在我用蝦殼為自己串第二條項鍊時，我爸回來了。我不知道日子到底過多久，我只知道回來後的他更髒了，除了糞便味，身上還有餿水發酵的惡臭。

我很高興我爸沒把我忘了，雖然我爸帶回來的其實不只臭，還有滿滿一屋子不知名的蟲，細細小小的，就在他不知幾天沒清洗的頭髮上，手臂、衣服，這裡鑽鑽那裡爬爬，偶爾還直立起身子跳恰恰。

最後蟲子把屋子都占據了。

即便如此，我還是很高興我爸願意回來。

我爸回來後，不洗澡、不吃飯，也不出去撿大便，整天除了睡還是睡，我不知道是不是我媽的走對他的打擊太大，還是生活一下子鬆懈了的緣故，總之他完全變了一個人，已經不像是我之前認識的那個撿大便的父親了。

我想不通一個人怎麼可以髒成這種程度，因為他身上的蟲子多到已經把他身上鼻孔、耳朵、嘴巴，凡是有洞的地方都堵住了，而且那些蟲子越來越肥，越養越大隻，我很怕牠們是毛毛蟲，更怕牠們不是毛毛蟲，因為如果是毛毛蟲，還會變成漂亮的蝴蝶，萬一不是毛毛蟲，那長大蛻變後，不知道是什麼樣可怕的昆蟲。

最後我終於忍不住了，「爸……」我想幫他清理那些蟲子，但是又怕他這些蟲子又是那些生物學家的實驗品，所以我決定先委婉的叫他稍微注意他的那些肥蟲，或者請他可不可以不要再養這些蟲子了，最起碼不要打擾我睡覺（自從我爸回來後，我連睡覺的地方都被蟲子占據了）。我一抬頭想說話，我爸雙眼就翻白了，瞪著我說：「妳在放什麼屁！」我說：「我什麼話都還沒說。」我爸想了想，點點頭，問我：「妳想放什麼屁？」我搖搖頭，然後又點點頭，指了指他頭上，說：「爸，我們家已經夠髒了，你還這樣……」我想告訴我爸關於他頭上長蟲的事，但是我話還沒說完，我看見我爸好像整個身體都腐壞了一樣，肥蟲越長越旺盛。

我從沒看過人的身上可以長那麼多的蟲，我問我爸：「你是不是做了什麼？」我以為我爸會回答我他換了新工作，正在做蟲子的研究之類的，但是我爸一聽到我的話，什麼話也沒說，只是身體一緊，身上腐爛的味道竟然漸漸淡了，而肥蟲也好像變魔術那樣統統縮回他的衣服裡，什麼也看不到。

我被我爸的魔術嚇壞了，也忘了要說什麼，只是不可思議的看著他。

不知過了多久，我爸才突然想到什麼似的扭頭跟我說：「妹仔，我想通了，妳媽喜歡撿骨，我們就學她一起去撿骨。」我爸一開口，全身放鬆了一點，我看到蟲子又開始在我爸身上扭來扭去。

我蹲在我爸身邊，看看我爸，又看看他身上的肥蟲。我從來沒看過那麼肥又那麼愛現的蟲子，因為牠們一隻隻都墊起腳尖，不停對我扭屁股，擺出最妖嬌嫵媚的姿勢。

我扭過頭，盡量不去注意蟲子，隨口問我爸：「不用研究水獺了嗎？」我爸的回答很奇怪，他說：「幹伊娘咧，死水獺，撿了那麼久的大便，連一隻水獺都沒看過。」我問：「研究水獺都是這樣研究的喔？」我爸氣憤的說，那些研究水獺的生物學家一輩子就只知道記錄大便，而且竟然靠大便拿到博士，而他卻不管多麼認真，始終還是個撿大便的，還把老婆撿到丟丟去。

我爸一提到我媽，那股腐爛的味道又全都回來了，身上的蟲子又更活躍了。

我其實聽不太懂我爸說的話，跟沒看過水獺有什麼關聯，我問我爸：「那現在咧？」我爸爬起來，一邊收拾行李，一邊說：「現在？現在水獺都跑到金門去了，沒得研究了啦，再留下來恁爸就真的變成屎郎。」我爸說完話，一手提著行李，一手拉著我，「走，我們換個地方住。」我們就這樣離開了溪邊臨時搭蓋的小木屋。

我們沿著小溪，一直往北走，穿過竹林、越過高塔，一路上，我爸記性好的時候，就會盡量繃緊神經，抑止身上發出惡臭，但是只要他一鬆懈，蟲子就會趁機出來透透氣。為了不讓自己變成蟲子繁衍的培養皿，所以我總是忽遠又忽近的跟著我爸。

我不知道我跟我爸到底走了多遠，我只知道我跟我爸的距離最遠的那天傍晚，我好不容易喘吁吁的趕上我爸的腳步，卻看到他頭頂上竟然黑壓壓的一片，飛滿了嗡嗡叫的昆蟲，我以為我爸被蜜蜂攻擊，走近一看，竟然是成群的蒼蠅。

後來我才知道，那是從我爸身上那些蟲子蛻變的。

我看看我爸，又看看他頭上那群蒼蠅，又低頭看我爸身上還沒蛻變的蛆，本來應該覺得很噁心，但是一想到牠們都是吃我爸身上的腐肉長大的，跟我算是同父異母的姊妹，也不怎麼覺得噁心了。我想環境就是這樣，說變就變，由不得你決定。

「妹仔，我們到了。」我爸說。

我和我爸來到種滿茶葉田的坪林山坡上，山腰邊有一座小潭，潭旁邊有一個不知是被颱風颳壞還是被狗熊搗壞的破爛鐵皮屋，我爸說：「就是這裡了。」

「前面還有路，為什麼不繼續走？」我問。

我爸皺著眉，抓抓身上的癢，說：「那條路蛇來蛇去，簡直就像蛇一樣，能走嗎？」我也搔搔身上的癢，滿臉疑惑，聽不太懂我爸的話。我爸用鼻子發出不耐煩的聲音說：「妳腦袋是裝屎喔，妳能在水裡呼吸嗎？」我搖搖頭。我爸說，那就對啦，蛇皮那麼滑，踩上去不摔死妳才怪。

直到後來我才知道那條像蛇一樣彎扭的路，大家都叫它九彎十八拐，很多人開車走上那條路之後，經歷了人生這輩子最多的大轉彎，比較膽小的人，會沿著彎道慢慢開，敢冒險的人，就會直接衝出彎道，然後就再也沒回來過了。

那麼危險的一條路，為什麼還有那麼多人要走呢？照我爸的話說，人生到處充滿了狗屎，要不是有這種必須冒著危險，突破困難的轉折後，才能看到雄偉的風景，人怎麼活得下去。我爸如果沒說錯，那麼我想我爸應該就快要發達了，因為他不只人生充滿狗屎，他本身根本就是一座糞坑，我真希望他趕快從滿身是蛆的日子裡羽化出來。

坪林出產最多的，其實不是山茶也不是蚊子，而是霧氣和死人。那種霧氣很濕冷，是會把人凍僵的那種。我們來到虎潭定居的那天，林子裡霧濛濛的，彷彿快落冰那樣把我和我爸弄得全身都濕了，我跟我爸說：「這裡好冷，我們真的要住在這裡嗎？」我爸：「你是住過飯店喔？還是你看過高級餐廳在供應客人吃餿水的？」我搖搖頭，我爸接著說：「那就對啦，我們身上又沒錢，恁爸身上還有這麼多噁心的髒東西，有地方住就不錯了，你還想要去住哪裡。」

我又餓又冷，我很怕萬一這片冰冷的霧氣變成大雨，我會凍死在這場雨中，所以我跟我爸說：「至少躲一下雨也好。」後來我爸帶著我，來到廢棄的鐵皮屋裡避雨。

我爸望望鐵皮屋的四周，看著他的表情，我知道他一定覺得自己撿到寶，我也看了看屋子的環境，我想，我這輩子的生活大概就要和這個鐵皮屋為伍了。

「妹仔，阿爸不是罵妳，但是人不怕窮，就怕不能吃苦，妳以為這裡又濕又冷，不適合人住，但是妳看外頭樹林長得那麼肥，聽阿爸的，樹都可以那麼茂密了，人還會餓死嗎？住在這裡不會有錯。」那時我和我爸還不知道坪林的樹之所以長得那麼旺盛，完全是因為那些在九彎十八拐上，冒險找刺激的人，一時忘情，衝出彎道所帶來的養分。

還不知道將來我們都要跟鐵皮屋外茂密的樹林一樣，吸同樣養分過生活的我和我爸，就這樣靜靜的待在鐵皮屋，希望躲過即將降下的大雨。但是我和我爸等了半天，也不見半顆雨落下來。我和我爸等得不耐煩了，決定出門去找些東西來填飽肚子，一抬頭，才發現一直跟著我們上山的那群蒼蠅姊妹們都不見了。

我爸大叫：「妳媽又走了！」就算是一粒硬邦邦的石頭長期帶在身邊，久了也是會產生出情感來的，更何況是一大群活生生的昆蟲。

我覺得我爸真是一個情感豐富又可憐的男人，自從我媽跑了之後，我爸好像錯把蒼蠅當作是我媽那樣照顧。

我爸很焦急，帶著我在山裡的這裡那裡到處尋找。

我們在樹林裡繞來繞去，霧氣把我和我爸的衣服全部都弄濕了，睫毛和眼皮也都沾上水氣，疲憊得睜不開眼睛，但是就算如此，我們不但沒找到那群蒼蠅，還被蚊子咬到全身都是紅麵龜。「夭壽喔，這裡的蚊子這迡狠，比殺人犯還惡毒，這款環境誰住得下去！」我爸全身痛得大叫。

我很認真的想了想，回答說：「你和殺人犯住得下去。」我以為我講的話應該會博得我爸一點欣慰，然後高興的拍拍我的頭，像以前我媽還在時那樣，稱讚我一下，因為我把他之前的話認真的聽進去了。但是我沒想到我爸聽了我的話，先是一愣，接著就舉起手，狠狠的在我的臉打了我一拳，痛得我當場大哭起來。

「妳說恁爸是殺人犯？再說一次恁爸是殺人犯，恁爸就打死妳！」

我爸說完就再也不管我了，自己上山繼續找蒼蠅，留我一個人在那裡哭。

不管我哭得多麼大聲，我爸都沒有回頭看我一眼，我從沒見過我爸發這麼大的脾氣過，看著他的背影，我想這次我爸不會再回來了，他這次真的決定不要我了。我在林子裡越想越害怕，越哭越大聲，哭到林子樹梢都發出跟我同樣的哀嚎聲，嚇得我哭得更賣力。

我不知道我到底哭了多久，我只知道我爸回來的時候，我還在哭。我爸看我還在哭，也不知道是愧疚還是根本就忘了他打我的那件事，只見他一直呵呵笑。他說：「妹仔，麥哭，恁爸找到工作了。」我擦擦眼淚，「這麼快？是什麼工作？」我爸說：「『虎神』的工作。」我說：「聽起來好偉大的樣子，那是什麼工作？」我爸很得意的昂起下巴，說：「招魂。」

「招魂」真是一份奇怪的工作，因為那是專為意外而身亡的人幫忙叫幽靈巴士帶他們回家的特別服務。牽魂的人必須穿上道士服，然後手持寶幢旛，先念經請來何橋神虎二大將軍和招魂使者，然後在招魂幡上寫上亡者的三魂、名字以及七魄，這樣亡者才能坐上幽靈公車，離開失事現場，跟著家屬回家。

我問我爸，為什麼上山去找蒼蠅，人家就莫名其妙叫他做招魂的虎神？我爸不太高興的板著臉，說，恁爸是有才華的人，這個環境需要的就是像我這款人，哉嘸？我爸說這話的時候，身上的蟲，噁心巴巴的全扭動身體跑出來往外面探頭。我看著我爸，點點頭又搖搖頭，我覺得我爸哪有什麼才華，如果要勉強說有，有的也只是撿大便的才華，以及擁有一群在身上扭來扭去不聽使喚的蟲。

一直到很後來，我才知道我爸會當上招魂的，完全是個巧合。本來我爸只是想問路，誰知道遇到了一群又唱又跳，好像在練嗓音的隊伍。我爸本來想隨便問問就走人，但是誰知道一開口說了句「你們知道雨神……」話都還沒說完，那群練嗓音的人立刻提高分貝，開始對著山谷練習尖叫。我爸嚇了一跳，靠腰，堵到肖ㄟ。但是說也奇怪，隊伍中，有個人不唱也不跳，走在隊伍的最前頭，表情僵硬，對後面隊伍的練唱無動於衷，這個人上下瞄了我爸一下，說：「這已經是這個月第九次了，雨神滿滿是，做這行的都是，你自己不就是其中一隻。」我爸沒注意聽那個人在說什麼，他只知道背後有警笛的聲音從很遠的地方慢慢靠過來，我爸屏住呼吸，表情也跟那個人一樣開始嚴肅僵硬起來。那個人又繼續說：「還不快點請『神虎』將軍，不然是要怎麼招魂啊？說到你們這些人响，沒有一次準時，良辰吉時都讓你們拖磨過去了……」我爸像是聽懂了，又好像是沒聽懂那樣，不停的點著頭說：「虎神嗎，好，我知道了，虎神。」我爸就這樣，沒有任何準備的走進喪葬的隊伍裡，做起他口中的虎神。

在九彎十八拐這一帶做虎神，我爸很快就進入狀況，因為這裡要招的魂很多，三天就有一個。有工作要來之前，我爸都會先知道，因為如果有意外發生，屍體經過雨水一淋濕，又經過太陽一曝曬，夏天最慢只要兩個小時，我爸頭上的那群大頭蠅，就會傾巢而出了，那時我爸就會咧著嘴，來回搓動手掌，喜孜孜的說：「妹仔，今晚又有好料的可以吃了。」

我爸每次出門工作時，我都會坐在屋外的小石頭上，看著我爸沿著湖邊的小路，這裡抓抓，那裡撓撓，像個醉漢一歪一歪的走進霧氣裡。

來到這裡生活以後，我以為我爸身上那個噁心的惡臭和那群猖狂的蟲子，都會慢慢隨著時間，消失不見。然而隨著我爸做虎神的日子越久，身上的蟲不但沒有減少，反而找到更多各式各樣昆蟲的卵。漸漸的，從我爸身上蛻變的，不只蛆，甚至連孓孑都有。

還有我其實一點都不期待我爸去工作回來，能帶回來什麼好料，因為他每次一回來，都不是一個人。剛開始的時候，他會帶不知是失智還是走失的老婦回來，一起分食他拿回來的食物；有時則是帶回來不知是瞎了眼還是耳聾的孩童。但是後來漸漸的，不知為什麼，我連我爸帶回來的是男的女的、是斷手還是斷腳都無法分辨，我只知道有什麼東西被我爸帶回來了，然後和我們一起吃我爸從工作上帶回來的食物。

我不能勸我爸做什麼樣的改變，也不能阻止我爸不要這樣繼續腐爛下去，因為環境就是這樣，到處充滿了蚊蠅，不論怎麼趕，牠終究還是會找到機會咬你一口，吸取你的養分，把你當存活的踏腳石。照我爸的話說：「這個時代到處都是屎，你能怎樣？活得越久，臭得越快，在乎這麼多，又不會停止和大家一起腐爛。」

我以為我這輩子都要這樣臭掉了，我爸也以為這輩子可以永遠這麼妥當下去了，但是環境說變就變，誰也想不到。就在我爸安心的等待工作上門的這天，九彎十八拐的公路竟然沉寂下來，再也沒有人為了看驚險的風景，從彎道上衝到山谷下了。

我爸有好長一段時間，每天都在山谷來回到處搜尋，但是最後他只能一次又一次的兩手空空的回來。

我爸花了好久的時間，問了好多人，才終於搞清楚到底發生了什麼事，「死人都搬家了。」死人都搬去哪裡了？我問我爸。我爸沒有理我，只是不停的罵人，「政府實在夭壽，好好的日子不過，開什麼路，把路都開了，叫我們這些人活什麼，怪奇咧。」原來市政府開了一條新路，因此再也沒有人開車走九彎十八拐到宜蘭了。

沒有往生者需要招魂的日子，我和我爸就坐在虎潭旁邊，我和我爸就這樣靜靜的一同被林子裡的黑蚊咬到變成麵龜，不同的是，我呆呆的望著湖面，而我爸則呆呆的望著他頭頂的那群蒼蠅，想著各自的事情。

沒有工作上門的日子還是得過，坪林的特產一樣是茶葉、霧氣和蚊子，不一樣的是死人變少了，但是卻多了大量的蒼蠅。

我很想叫我爸離開虎潭，離開沒完沒了的蚊蠅和蟲子，離開看起來很肥大，其實內部都在腐敗的樹木；我也很想告訴我爸，有才華的人，在空無一物的沙漠也可以活得很好，根本不需要靠這些腐壞的養分。

但是這些話我始終沒跟我爸提起，因為跟著我爸那麼久的日子，我學會了一件事，就是閉嘴，這是環境自然而然教會我的事。

不知過了多久，我爸伸手敲打著林子裡壯碩的樹木，然後指著山坡上的公路，說：「妹仔，阿爸有時真想看看那條路後面的風景到底是生做什麼款。」我瞪大眼睛，疑惑的看著我爸：「你不是說走上去，遲早會被摔死？」

我爸微微噘起嘴角，說，妹仔，什麼路都要走看看，不走過去，你永遠不知道後面的風景會帶來什麼樣的環境。我爸嘆口氣，又說，記住了，妹仔，做人，就是要走不一樣的路，不要學你阿爸，整天就只是不停的在等死。

我站起身，拍拍身上的髒東西，伸手過去拉我爸，「爸，我們現在就去走看看。」我爸搖搖頭，「阿爸這一生都毀在妳阿母手裡了，沒法子走了。」我不信，硬是拉起我爸的手說：「哪有這種事……」我猛一拉，我爸的手不知道什麼時候已經腐爛掉了，好多蟲子從他那裡爬到我身上來。

我站起來趕緊把跳過來的蟲子拍掉，但是有好幾隻已經不知道鑽進我衣服的哪裡，消失了。

「爸，我身體好癢！」我扭過頭，想要叫我爸處理一下他身上的蟲子，但是一扭頭，我爸好像什麼都爛掉那樣癱在樹根底下，只剩一堆又一堆的蟲子到處爬來爬去。

在那之後，我再也沒看見我爸了，我只看見樹林裡到處都是蟲子，以及變態後的蒼蠅。不久之後，我跟我爸一樣，全身爬滿了蟲子，那時我才知道原來我自己也是「虎神」。

虎潭的天氣每天都很濕，偶爾放晴的時候，我會爬上小坡，坐在公路的柵欄旁，盯著公路消失的盡頭不停的看著。我想聽我爸的話，走上滑溜的公路上，去看看不一樣的風景。但是人真是一種奇怪的動物，一旦習慣某一個環境之後，就變得膽怯，哪裡也不敢去。拚命掙扎也走不出去的時候，我會望著不停在我身上的吸取養分的蟲子，以及從我身上蛻變的蒼蠅。我終於確信我哪裡也不會去了，就像蒼蠅有翅膀，哪裡也去不了一樣，我能選擇的，只有不停的繼續腐爛下去。

（本文獲二〇〇七年青年文學創作數位典藏）

躺屍人

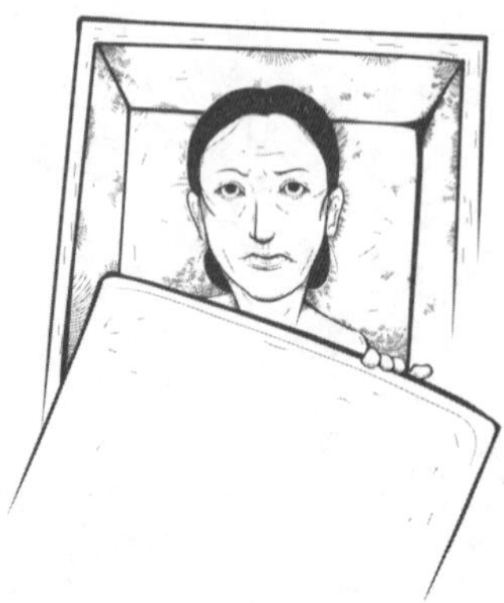

我還沒出生之前，我媽就是個死人了。

我媽死亡的地點很廣泛，幾乎整個金山鄉都死過。

那時候，金山鄉裡除了大片還沒開發的山坡地外，什麼都沒有，想要看見人都是一種奢侈，看見死人還比較容易一點，因為在這個什麼都沒有的村莊裡，到處都是一堆堆沒人認領的墳墓，我媽隨便一死，就能躺上好幾個墳墓包。

金山說起來，真是個很奇怪的地方，這裡不僅到處都葬滿沒有姓氏的墳頭，更奇怪的是，如果攤開地圖，就會發現它位在東北角，一個迎海又靠山地方。我一直無法理解，為什麼有一個地方能夠同時位在兩種地理環境，我媽卻哪裡也去不了？我曾經問我媽，幹嘛一直待在被這麼多死亡包圍的地方，我媽捏著我的臉，「妳懂什麼，長大就知道了啦！」後來過了很久，我媽才小聲地跟我說：「以後在這裡講話要小聲一點，知不知道。」我睜著眼看著我媽，我媽說，住這裡的人雖然現在死了，但是以前都活過，我媽還說，人只要一旦死過，以後什麼都能活了，我媽像是好姊妹那樣，用肩膀抵了抵我的肩膀，「要不然這裡誰住得下去？」我其實聽不太懂我媽到底在說什麼，因為每次她跟我說完這些話，總會想起自己還沒有吃東西，然後她就會拿起一個不知從哪兒撿回來的破碗公，撩起她的髒衣服，露出她的胸脯，拍拍我的頭，說：「妹仔，幫阿母吸兩口奶水吐在碗裡，阿母再不吃點東西真的會餓死。」我一邊幫我媽吸乳水，一邊疑惑，我媽到底是想死還是想活？住在金山這個地方，我覺得我媽應該要積極一點，要不就勇敢地朝大海泅游過去，要不就努力越過山稜線，到另外一邊看一看，但是她卻對這個充滿死亡的地方非常著迷。

我想，我媽的性格大概跟金山這個地名一樣，金山這個地方從來沒產過金子的地方，卻被稱做金山，明明窮得只有死人願意來這裡定居，外表卻又好像裝得很富有的樣子，這一點很像我媽，明明還活著，卻又想死，但是死亡真的來臨時，卻又拚命想活。

剛開始的時候，我媽只死在村莊裡離天堂很遠的山腳下。她那種死亡，不過就是面朝天空，躺在荒煙蔓草的大片山坡上，臉上因為過度恐懼而產生一種「啊，終於要解脫」的死亡神情。

有時候我會覺得奇怪，我媽為什麼要選擇在這種荒郊野外死亡，但是照我媽的說法是，人太多的地方，她不好意思死。

人少的時候就好意思死了嗎？我翹著我媽幫我梳的兩根小辮子，仰頭問我媽，我媽卻突然把我的辮子拆了，綁了一根豎在頭頂的超大支沖天炮，我跟我媽哭著說：「好緊，臉皮和頭皮都被拉得好痛！」我媽卻拉著我的沖天炮說：「妳就是因為皮沒繃緊，妳見過有哪個人死掉是很熱鬧的嗎？」

我媽第一次選擇死亡的時候，是在我出生那年。那個時候，我媽因為我爸無緣無故失蹤，讓我媽背了一屁股我爸留下的賭債，討債的人說：「除非去死，哪嘸明天就要看到錢。」然後我媽就真的選擇去死。但是我媽說，她之所以沒死成，全是因為我突然從她肚子裡跑出來，並且用跟我爸幾乎一模一樣的眼神，色瞇瞇地看著我媽的乳房，讓她既害羞又生氣，所以根本沒辦法安靜地死。

也許就是因為那次我沒讓我媽如願的死去，所以我媽總說這輩子被我害慘了。為了彌補那次想死的念頭，我媽總是天亮的時候想死、天黑的時候也想死，天氣晴朗的時候想死，天氣壞的時候就更不用說了，還是想死。

後來，時間一久，我媽就愛上死亡的感覺。

我想，我媽是真心喜歡死亡所帶來的絢爛想像，要不然她不會一直重複著去躺在陌生人的墳頭上，並且不斷催眠自己已經死亡的事實，還教我要在她死的時候，不停地哭泣。照她的說法是，這樣她會感覺她死得比較有價值一點，也比較不寂寞一些。

我並不知道我媽究竟從我的哭聲裡，得到多少價值，我只知道我媽死的時候，我都會沒東西吃，所以我得把我媽給哭活過來才行。

但是哭泣也不是一件輕鬆的事，因為山坡上，到處都開滿了像黑色翅膀的花瓣。那種花瓣的形狀是不規則的，有時很大，有時則細的跟髮絲一樣。通常花瓣在還是熱騰騰的時候飛向高空，在冷卻之後降落在草地上。

每年到了七月，是黑色花朵最盛開的季節，山坡上到處都飛滿了那種顏色詭異的花瓣，隨便一張嘴，就是一嘴的黑花瓣。

每次一場哭下來，滿頭滿臉都是黑色花瓣，輕輕一拍，那些花瓣就成了粉末的灰燼，沾在脖子這裡和衣服那裡，然後變得全身都是一身黑。

我照著我媽的話，為了她的死，哭到九歲。後來我哭煩了，覺得光靠哭來討我媽的奶水喝也不是辦法，索性不哭了，拍拍自己身上的灰色花瓣，決定自己到村莊裡去找吃的。我因為太餓了，只好一邊走一邊哭，不知道走了多遠，看到山頭上，散布好多人，他們各個都拿著許多金色紙張往火裡燒去。那些金色紙張被燒過之後，風一吹來，都化做一朵朵小花，在村裡的這裡那裡飛著。

直到那時我才知道，原來一直掉在我身上的黑色花瓣，到底是打哪兒來的了。

我不知道我哭了多久，我只知道後來有好多人圍在我身邊，一些叔叔阿姨指著我問：「妳是誰家的小孩，哭得這麼大聲。」我擤擤鼻涕：「我餓！」我望著地上他們一堆堆用食物砌成的小山，口水都流到那些新搬進來的墳頭上。

那些叔叔阿姨一邊把拜過的祭品拿給我，一邊問我：「小妹妹，妳媽咧？沒跟妳一起來？」我一邊吃著水果，一邊說：「她正在死。」每個人都說我是現代的孝女白琴，他們說，要是我媽地下有知，聽見我的哭聲，一定會捨不得我。我對他們說，等我媽聽夠了我的哭聲，就會活過來了。

年齡是一種很奇怪的東西，在我眼裡只有我媽乳房的年紀時候，除了我媽的聲音和我自己的哭聲之外，我什麼都聽不見，但是後來當我的視線再也對不準我媽的乳房時，我才發現村子裡的活人慢慢變多了，好像蜜獾找到蜂蜜，有什麼甜頭正要發生一樣，每個人都嗡嗡地搬進金山鄉來，跟死人爭地。

如果日子再往前轉快一點的話，就會發現金山這個地方除了活人以外，怪手、蓋房子的重型器具，也大量地進駐村莊，一起跟著那些被埋了不知道多久的死人搶地。

後來等我長大到一眼可以看盡整個村莊樣貌時，我才發現原本那個到處都是雜亂的墳包山坡不見了，變成一大片刻意加工的草皮，上頭還建有整齊到讓人忍不住想要尖叫的豪華大墓園。抬頭看去，山頂上還蓋了一棟大怪物，那個怪物的體積，比我把手掌撐開來，擋在我眼前還要大。

我跟我媽說，這裡已經沒有死人了，可以不用再死了吧？我媽卻指著那棟龐然建築物說，妳懂什麼，那裡面住了比以前還要多幾百倍的死人。

我媽說，居住在這個死人比活人多很多的村莊裡，一定要想辦法像個死人，要不然沒辦法繼續在死人堆裡繼續存活。我想，在我媽這麼多年死亡的日子裡，要說我媽有什麼財產或得到什麼值錢的東西的話，那肯定是那一堆堆的墳墓了。

後來那些墳包被怪手挖掉之後，我媽不知道是悼念過去的美好日子，還是因為神經大條沒有察覺，她仍然在山坡上過她的死日子，而怪手就在我媽身邊挖過來、碾過去。

後來不知道是我媽死得太透徹，還是我把我媽哭得有價值起來，我媽因此被請到警察局裡去接受表揚，而且還在警局裡接受招待住了一晚。

我媽接受表揚的那天，我因為餓，在村子裡到處找吃的，後來有個來金山開怪手的叔叔當著我的面，對另一個更老的阿叔說：「就是這個囡仔她老母，要不是那個女的，我也不會被老闆扣錢。真是亂亂來，差點就從她媽的肚子挖下去了。」我沒看過錢，我和我媽的生活裡，從沒出現過錢這種東西，自然也不清楚錢是要幹什麼用的，所以那個叔叔到底在說什麼，我並不是那麼清楚，但是有一點我卻很肯定，那個叔叔，其實應該要開著怪手，從我媽的肚子挖下去的，因為那樣的話，我媽會很感激他的，畢竟我媽想死很多年了。

我以為我媽死亡的日子，會因為村莊裡愈來愈多人居住，而讓我媽提早結束，但事實上剛好相反，我媽的死亡日子之所以結束，竟然是因為我的哭聲。我媽從警察局回來的時候，臉色很難看，我問我媽：「還要死嗎？」我媽抓著我緊繃的沖天炮：「夭壽！呸呸呸，不能再死了，再死就活不了了。」我因為痛，哇哇地叫兩聲，我媽聽到，立刻用身體捂住我的臉：「麥哭！再哭落去，我就真的死定了。」但是話說回來，我媽從警察局回來那天晚上，雖然教我不要哭，但是她自己卻哭得比誰都大聲。我想，我外婆肯定也對她做了什麼特別的訓練，要不然一個人沒事怎麼能哭得這麼大聲。

我媽才剛決定不死了，要好好活著，但是相隔不到三天，我媽又決定繼續死了。「什麼死不死的，這是工作！」我媽用拳起的手指敲著我的腦袋糾正。我不知道我媽口中說的工作，跟我說的死亡，到底有多大差別，我只知道我媽因為很會死，因此有人找上門，給了她更接近死亡的機會，而且這次連壽衣、蓮花、靈堂、告別式都有人幫她準備好了，她只要躺著好好享受死亡的滋味就行了。

我媽是個說到做到的人，我還沒出生之前，我爸追我媽是從毛手毛腳開始下手的，那時我媽很生氣，她對我爸說：「你再亂來，我就讓你死得很難看。」後來我媽真的讓我爸死得很難看，因為我媽在沒通知我爸的情況下懷了我，讓我爸不得不娶了我媽。我爸為了這件事，懊惱了好久，他說他上輩子肯定是做了什麼錯事，這輩子被懲罰來還債的。我要出生那年，我爸逃跑的那天早上，我爸被我媽發現想要逃跑的跡象，我媽發了瘋似的緊緊拉著我爸的手，說：「不准走，你敢走，我就死給你看。」我爸手一揮，把我媽推倒在地上，回了句：「那就去死啊！」說完頭也不回就走了。後來我媽就真的去死；我跟著我媽一起死了幾年，我媽說：「妹仔，我們不用再死了，我要去做演員啦。」隔天她就真的穿上這輩子最好的衣服，到村莊山坡上，那棟新建的龐然建築物裡指定的攝影棚去當演員了。

我媽決定接下這份跟死亡有關的工作那天，村裡正下著迷濛的霧雨，有一個自稱是「保障死亡」的男人來拜訪我媽。死亡也可以有保障的嗎？我問我媽，但是我媽懶得理我的問題，只顧著在屋裡招呼客人。

其實所謂的房屋，不過是一個不知是狗住過還是貓待過的山坡上鑿起的小洞，裡頭黑漆漆的，只有幾塊凹凸不平用來坐或睡的大小石頭，除此之外什麼都沒有，就是滿屋子的屎尿味稍微重了點。

那個男人看了我們住的地方一眼之後，既沒有坐在我們拿來當椅子坐、長滿青苔的石頭上，也沒有喝一口我到山溝下去舀回來的水，只是捏著鼻子，扯著沙啞的聲音跟我媽說，他很佩服我媽能夠用這麼開放的態度來接死亡，為了表示欽佩之意，他給了我媽一個真正死亡的機會。

「你的意思是真的要我死？」我媽不知道是高興還是害怕，聲音尖得不得了。

「那不是死，是演戲……總之不會讓妳死太久的，只要戲拍完了，妳想活多久就活多久。」那個男人說完之後，我媽抬頭看了他一眼，然後我媽很害羞地從石頭堆裡爬起來，拍了拍身上金紙燃燒過後的灰燼，說：「什麼死不死的，真難聽。」我媽頓了一會兒，突然想到什麼似的，指著我對那個男人說：「有沒有欠小的？她很會哭。」

我媽去當演員的那天早上，天氣霧濛濛的，我媽出門前，把我從睡夢中挖起來，把我的臉扳正，問我說：「妹仔，阿母水嘸？」我媽沒等我說話，她自己先歎了口氣。我問我媽歎什麼氣，我媽說，這年頭活人都沒良心，死人比活人有人情味多了，因為她的這份工作是死人給她的。

我媽說完，就扭著屁股，出門了。

我望著我媽，隨著一扭一扭的屁股擺動，我媽的身影逐漸變小，最後終於被村莊裡的霧氣給掩蓋。不知道為什麼，我望著我媽消失在到處都充滿黑色花瓣的山坡上時，我有一種錯覺，覺得我媽這一去，會像我爸拋棄我媽那樣，不會再回來了。

我很想拉著我媽的手，要她別去了，她要是走了我也活不成了，但是我又很怕我媽學我爸把手一揮，對我說想死就去死的無情的話。

我一個人坐在簡陋的房裡，不停地想著接下來的日子我該怎麼辦？想到快發瘋的時候，我媽竟然回來了，而且是頂著一臉的白粉，很生氣地回來了。
我問我媽怎麼了？我媽說：「要死了，他們竟要教我躺棺材。」我因為很開心我媽回來，所以咧著嘴，仰著一頭亂髮，一邊笑一邊說：「又不是沒死過，躺棺材有什麼關係？」我媽聽到我說的話，把我的手臂擰出血來，接著又把我原本的辮子頭，又綁成超大支沖天炮，我一手抓著我媽，一手抓著頭上的沖天炮大叫：「不要沖天炮啦，我已經長大了，再綁沖天炮走出去會被人家笑。」
我媽拉著我的沖天炮，說：「那就對了，妳都嫌醜，難道我這些年還死不夠？」我仰著頭，小聲地問我媽，她說的是什麼意思，我媽拿梳子敲我的頭，說：「笨死了，人可以亂死，棺材不能亂躺，連這都不懂。」我媽說完，把我往門口一推，她說她累了，要睡覺，要我到屋外頭看著，不要讓別人進來吵她。
我不記得我到底在門口站了多久，我只知道我從天空下著雨絲開始站，站到天空出現彩虹天橋，連太陽都斜斜地露臉了。
金山這個地方，只要天氣好的時候，從海上吹來的海風會變成濕黏的鹽巴粒子，黏在身上各處，令人難受死了，但是我媽卻很喜歡，每次全身被海上帶來的風給弄得又鹹又黏時，我媽都會抓著我的手不停的舔，她說她好久沒吃到鹹的東西了，還說我的肉如果放到大鍋燉過會更好吃。

我媽當我媽這麼多年，她每天不是要我看她死，就是整天讓我哭，我很懷疑她到底是不是我親媽，但是直到我媽第一次抓著我的手臂猛舔的時候，我百分之百確定她就是我媽。因為我聽人家說，母狗生小狗之後，會把小狗的糞便統統吃進肚子裡，而我媽連我這麼髒的身體都在舔，所以我想我親媽肯定是她了，不會有別人的，錯不了。

我全身癢得要命，這裡抓抓那裡扒扒地守著我媽睡覺的門，無聊地望著山坡下，想著今天該去哪兒討點吃的。正當我準備迎著帶著鹽巴粒子的海風，背著我媽到外頭去填飽肚子的時候，海風從山坳吹向村裡，又把大量黑色花瓣雨吹得滿天飛舞，然後我看見有個長得有點噁心，眼珠子外擴的男人，從滿天飛花的山坡下走來。

「妳媽咧？」男人的身上到處都是黑花瓣，我說：「在睡覺。」男人一聽我媽在睡覺，一副就要進屋去的模樣，幸好我手撐得快，把男人擋住了。「小妹妹，妳幹嘛？」我晃著頭上的沖天炮，說：「我媽說她要睡覺，不能去吵她。」那個長得有點噁心的男人用手在我臉上捏一把：「妳媽拿了錢，要睡也要到棺材裡去睡。」然後我媽又去躺棺材了。

我媽原本堅持不肯去躺棺材，她說又不是死人，死人才躺棺材。但是後來對方塞了一堆綠綠紅紅的紙張，讓我媽樂得合不攏嘴，於是我媽改口說，現在時代不同了，觀念開放了，躺棺材也不是只有死人才做的事，像那個麥可戀童癖不也是天天躺棺材，還不是照樣活得好好的！躺棺材其實說來很簡單，不過就是把我媽的臉畫成殭屍臉，然後要我媽躺在鋪著金得發燙的金布的棺材裡，長達一整個早上或一整個夜晚。「躺在裡面然後呢？」我問我媽。「然後就像個真正的死人一樣把眼睛閉上。」我媽回答。

我歪著頭，又問我媽：「閉上眼睛然後呢？」我媽自從到山坡上的建築物裡去拍戲之後，脾氣就變得很暴躁，我媽聽到我問的話，掐著我的耳朵說：「要死啦，閉上眼睛之後我還看得見嗎？」我的耳朵被拉得好疼，但是還是忍不住問我媽，這也能算演戲嗎？我媽卻反駁我說，這樣還不算演戲，難道算開車嗎？我媽沒讀過書，當然也就不識字，但是每一回有人找她去打零工當死人模特兒，她都會先到垃圾場裡去撿幾張報紙，問她撿報紙要幹什麼，她會把頭埋在報紙裡，好像要找什麼珍貴物品那樣地說：「找活路。」我媽會從報紙上剪下幾個看起來比較順眼的字，帶到工作的地方，逢人便問她剪下來的字到底是什麼字，「什麼字有差嗎？」有人問我媽，我媽笑得有點靦腆的說：「沒差啦，只要不是『死』字就行了。」後來我才知道，我媽剪這些字，是為了躺棺材的時，用來墊在身體底下的。「為什麼要墊在身體底下？」我問我媽，我媽聽到我的問題，提起食指，在我額頭上用力地戳了一下，「我要是跟妳一樣憨早就死翹翹，那些棺材板是睡死人的捏。」我嘴角歪斜，聽不太懂我媽的話，繼續問我媽：「那跟這些字有什麼關係？」我媽舉起手，好像要打我，我拱起背，等著讓她揍一拳，但是她只是彈了我的耳朵一下，神氣地對我說，妳懂什麼，我只要把這些字擋在棺材和我之間，死亡就不會找到我身上來了，而且反差愈大的字，就能離死亡愈遠。

我聽我媽這麼說，後來就學我媽，經常幫她剪報紙字，然後到處問人，盡量挑選「樂」、「生」、「富貴」、「財富」這些看起來很好的字讓我媽帶去棺材裡。

我去看過我媽死在棺材裡的樣子幾次，那模樣跟我看到我媽躺在山坡上等死很不一樣，因為場子裡有好多人正在看我媽死，好熱鬧，而且我媽穿的、抹的、戴的，怎麼看都像明星，尤其當我媽閉上眼睛之後，好多刺眼的閃光燈對著我媽閃來閃去，像煙火，彷彿在慶祝我媽死亡。

「妳是死人哪，臉色這麼臭，躺在裡面是一種酷刑嗎？別人看到妳這種臉，誰還敢跟我們買棺材？」有個男人坐在很高的架子上，肩上還扛著好大的機器，對我媽大吼大叫，那個男人我聽會場中的人都叫他攝影師。

我媽聽到攝影師的話，立刻從棺材裡蹦起，朝鏡頭不好意思的咧著嘴笑，然後擺了個撩人的姿勢，把攝影師嚇壞了，「幹嘛？也不看看妳那張死人臉。」我回頭看看我媽，只見我媽臉色很難看地又躺了下去。

我媽躺下去的瞬間，從眼角瞄到我的身影，又突然蹦起來指著我：「要死了，來這裡偷看做什麼？回去看我怎麼打妳！」我以為回去之後，我媽肯定把我打個半死，但是那天晚上我媽下了工之後，我媽卻笑嘻嘻地帶著鹹粥和幾樣別人吃剩的小菜來給我吃。我不是沒吃過鹹粥，但是那天的鹹粥是我這輩子吃過最好吃的一次，因為一整個吃粥的夜裡，我媽臉上都堆滿笑容，把鹹粥的滋味添了幾分的甜味。

那天夜裡睡覺的時候，我跟我媽說，我明天還想再吃鹹粥，我媽摸著我的臉蛋，說：「我找到妳爸了，明天帶他回來見妳。」那時我才了解為什麼我媽一整個晚上心情這麼好了。

那天夜裡我翻來翻去興奮得整夜睡不著，一直在想我爸到底長得什麼模樣，不知道他還認不認得我（雖然我爸離家時，我還在我媽肚子裡，但是我還是希望他能一眼就能認出我來）。

隔天，我媽帶著一個男人回來：「叫爸爸。」我媽把我推在男人面前，要我認親。我張開嘴，仰望那個男人，聲音卻卡在喉嚨，叫不出聲。那個男人我見過，他就是那時候不顧我媽在睡覺，硬是把我媽抓去躺棺材的那個長得既斜眼又有點噁心的男人。

我媽推了推我：「還不快叫？」我愣愣地看著那個男人，然後回頭對我媽說：「他是我爸嗎？我爸有長得這麼醜嗎？」我媽舉起手要甩我巴掌，但是卻被斜眼男人擋下。

斜眼男子嘿嘿笑了一聲：「以後妳和妳媽都是我的，這個意思就是我想怎樣就怎樣，要不要我示範一次？」斜眼男子一手捏著我的臉，一手撩起我媽的衣服，在我媽的胸脯上摸來摸去。

我媽推開斜眼男子說，在小孩面前別這樣。斜眼男不但沒理會我媽的話，反而一把把我媽推倒在地，還要我媽自己把衣服脫光光。

我媽像是瘋了那樣，一邊笑一邊叫。我從來沒見過我媽那麼快樂地笑過。看著我媽對那個男人笑出一張幸福的臉時，我知道我媽已經離我很遠了，不再是原來那個媽了。

後來那個男人就把我和我媽住的地方當他自己的家，想來的時候就把我媽推倒在地上，不想來的時候就拿著我媽給他的錢，不是出門賭博就是出門買醉。

大部分的時候斜眼男人回來時，都是喝得醉醺醺的，滿身酒氣，那時候我就會瞪我媽一眼，覺得我媽真的是活得不耐煩了，沒事找這樣一個男人回家。

斜眼男人沒有回家的時候，我媽仍舊持續著活體死亡的演員工作，到處去當死亡產品的代言人，如果電影有需要躺棺材的替身，偶爾也會找我媽去客串臨時演員。

我媽用死，養活了我和她的男人。

我想，我媽真的很喜歡死亡，我一直以為，我媽死了這麼多年都沒死成，還從「死」那裡得到一份工作，往後的日子我媽肯定能繼續半生半死地活著。

但是我不知道究竟是我媽太長時間都在死，把地府掌管生死簿的人給惱火了，還是因為我媽死習慣了，這一輩子連她自己到底有沒有活過都不知道，我只知道十三歲那年，我媽下了戲，一臉蒼白地牽著我的手，走過我家門口，走過村莊長長的山坡地，走到面向東北角的海岸山坳，然後愣愣地望著山腳下，什麼話也沒說。

我問我媽：「怎麼了？」我媽搖搖頭，竟然跟我說起躺棺材的滋味。

我媽說，棺材有分屬土的和屬火的，屬土的比較厚重，也比較貴，是屬火棺材的十倍價錢，但是相對的躺起來比較舒服，而且有檀香的味道；屬火的雖然比較輕，也比較便宜，但買這種棺材不如不買，因為買了很快就要跟著死掉的人一起送進火葬場，燒成灰燼……我拉拉我媽的手，又問：「媽？妳怎麼了？」我媽搖搖頭，大概是累了。

「妹仔，阿母要是累得起不來了，妳要記得把阿母一半撒在海裡，一半撒在山上好了……想來真可笑，我一直要到死了，才能走出這個地方。」「媽？妳到底怎麼了？」我又問。

「妹仔，這個地方不是人待的，再待下去，肯定會死，妳能跑多遠跑多遠。」我媽自言自語，像是說給自己聽的，又像是說給住在這個小村莊裡風聽的。

風帶著我媽的話，在山壁上、山腳下，這裡撞撞那裡碰碰。

「媽！回家了啦！」我從草地上爬起來要往回走，但是我媽卻牢牢地牽著我的手不放。

我媽從口袋裡掏出早上我剪給她的報紙鉛字，問我：「妳知道這是什麼字嗎？」我看了一會兒字的形狀，得意地說：「這個字是活著的活。今天早上，我特地去問山腳下雜貨店阿婆，要她告訴我『活』是哪個字。不過那個阿婆好奇怪，指了好多字都是活，我就把所有的活統統剪下來了。」我媽摸了摸我的頭，嗯了聲，許久才說：「阿母今天躺棺材的時候，把它壓在身體下面了。」我仰著小臉，等著我媽誇獎我，但是我媽卻僵著臉：「做我們這行的，什麼字都可以不認得，但是這個字一定要記住……」我點了點頭，不太清楚我媽到底要說什麼。

「妹仔，這個字不是活，而是……」我媽的聲音很小，小到我聽不清楚她在說什麼，但是我卻全身戰慄。

我和我媽一直在山坳處坐著，直到落日把海面染成血色的腥紅，我聞見從我媽身上傳來一種屍體腐爛的氣味。

「我今天真的是一腳踏進棺材裡了。」我望著我媽，我媽卻一動也不動。我不斷的仰頭看看天空，再回頭看看我媽，我媽仍舊靜靜的坐在山坡地上沒有動靜。

就這樣不知道坐了多久，我看見天空開始下起黑色花瓣雨。不多久，整個村莊到處都開滿了滿山遍野的黑色花瓣雨。

「已經七月了啊，媽！」我說。

我扭過頭，看見我媽已經被黑色花瓣雨覆蓋、淹沒。我想要幫我媽拍掉身上的黑色花瓣，但是伸手輕輕一拍，我媽連同身上那些黑色花瓣瞬間都化成了灰燼，然後向村莊面海的海上或往靠山的山背上飄去。

在那之後，我開始學著一個人在金山的小村莊自己長大。有時候我會躺在山坡上或棺材裡品嘗死亡的滋味，有時候也會跟我媽一樣對著斜眼男人又笑又叫。日子過得痛苦的時候，我會攤開地圖，望著金山這個地方。

金山真是一個奇怪的地方，它明明就位在東北角，一個迎海又靠山的地方，我一直以為一個能夠同時位在兩種地理環境的地方，我應該不是要往海上泅泳而去，就是該往山的另一頭奔去，但是奇怪的是，為什麼這麼簡單的路，我卻哪裡也去不了。哪裡也去不了的時候，我渴望看見滿坑滿谷，一瓣瓣在空中飛舞的黑色花瓣雨，降落在村莊的這裡、那裡，將村莊裡所有的人全部都覆蓋。

（本文獲二〇〇六年第二屆林榮三文學獎小說獎二獎）

紅・黑蛾

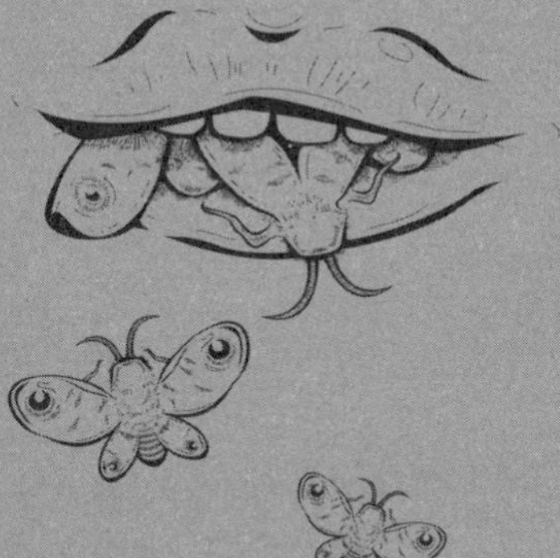

我爸還在我視線活著的那年，我一直以為我也還活著。

活著並不是一件難事，尤其在西門這個小町地想活下去，就更容易了：水銀探照燈一照，到處都是吃剩的漢堡皮、花枝麵團、鹽酥雞米屑，隨便撿都滿滿一大袋，活下去根本不是問題。就算不撿那些食物來吃，等晚上一到，水銀街燈一亮，沿著街道啪啪飛滿了大黑蛾，把整條街的燈光都打得一閃一閃的，用網子隨便一撈，愛吃多少就有多少。

我爸就是專門在西門町吃這種黑蛾為生。

他說每一隻黑蛾都有自己的故事，我抬頭對我爸說，有故事你還吃人家。我爸一巴掌呼過來，把我的耳聒子打得熱火，他說，幹咧，不吃進去恁爸怎麼知道牠的故事是甜的苦的還是澀的。

我不知道飛蛾有自己的故事是真的還是假的，我只知道根據我爸自己做的活體實驗證明，其實只要有水喝，根本就不會死。

我爸在還沒來西門町幹起吃黑蛾的勾當之前，是個幹街頭表演的，只是他的表演內容是那種沒有人會欣賞的。照我爸的話說，他的表演不需要有人欣賞，因為一旦被別人欣賞，獎賞不是尖叫、甩巴掌，就是到警察局一日遊，這種獎賞他領得很多，夠了。當時我爸表演的地點就在人潮眾多的車站或菜市場，直到我爸下定決心想改行，我們才搬到西區靠近中華商場後面十二街的黑巷裡。

我爸說，住在中華商場附近最好了，晚上都不用點燈，可以省很多錢，因為商場頂上的霓虹燈很亮，亮到連行人在黑夜裡走過，都像鍍了一層金箔那樣明亮，連影子都找不到。我不知道我爸住在破爛的巷子裡到底可以省下多少電費，我只知道我爸算盤打得太早了，因為晚上一到，我爸的驕傲——霓虹燈廣告看板的燈源立刻被大批的黑蛾搶光。

活著既然那麼簡單，照理死亡相對就變困難了，但死過的人都知道，死亡跟下地獄一樣容易，尤其對我爸這種隨時都在殺生下地獄，又輕易靠殺生活著的人而言，生與死不過就像水彩顏料，活著與死亡都是互相滲透交雜，關鍵只在於顏色的比重。

如果我爸是天空藍，我媽就是到處氾濫也順道滋潤土地的黃江河，那麼我就是他們生出來的青草地。但直到我爸這個不知道是藍（男）人還是鳥人告訴我，在這世界上，根本就沒有純正草地綠這種顏色存在，尤其在這種鳥不生蛋連燕窩也沒有只有人窩的年代，每個人都只能是紅的，因為誕生的喜氣和死亡的血跡都是這個顏色。我爸在說這個話的時候，嘴裡正嚼著黑蛾，嘴角還流出一道黑蛾的汁液，那分明是綠色的。

在西門這個熱鬧的小町地裡，誕生是天天都會發生的事，有些熱鬧，有些不但不熱鬧，還有點悲傷。我好奇的問我爸，怎麼知道哪裡的出生熱鬧，哪裡的不熱鬧？我爸得意的拍著大腿，說：「這個問恁爸就對了，你看那是什麼？」我爸用手指著頭頂刺眼的大火球，我看了太陽一眼，又看看我爸，對我爸露出遲疑的眼神。我爸突然用手呱嘰地從我的後腦杓打下去，說：「死囝仔，看不起恁爸，叫你說你就說。」我小聲的說：「太陽。」我爸舉起手，我以為他又要打我，但是他只是指著地上陽光照不到的街角說，明明頭頂那麼熱，又那麼刺目，但是不管它多亮，地上還是有黑的地方，這樣懂不懂了。我搖搖頭，我爸嘆氣：「你真的很憨，意思就是誰出生在亮一點的地方，誰就熱鬧，知不知道？」我點點頭又搖搖頭，說：「人又不是蟲子，誰會住在黑不見底的地洞？」我爸皺眉：「憨囝仔，在這個人窩滿天飛的時代，黑的都會變成白的，沒有什麼不可能啦，以後人家要是問你是什麼顏色的，你要說什麼？」我大聲的說：「紅色！」我爸一聽，狠狠的用指尖擰著我的右臉頰，說：「什麼紅的，真不怕死，不管什麼顏色，你都不能說，知嘸！」我噙著眼淚說：「可是你以前不是說不管活的死的都是紅的？」我爸臉色鐵青：「以前是以前，現在是現在，難道以前的香腸放到現在還能吃嗎？」我聽不懂我爸說的話，我爸只好氣得捲起短得不能再短的褲管，幾乎要捲上腰部上去，我縮起身子，等著讓他狠狠踢我兩腳，但是他只是敲敲我的腦袋，要我仔細看著他神經萎縮的右腿問：「恁爸的這隻腿是什麼顏色？」我說：「燒焦的顏色。」我爸說：「那就對了，不管什麼顏色都不重要，只要活著就對了。」

我不知道我爸話中的意思，我只知道我一直到後來長大才知道燕窩是用燕子的口水做的，而且是那些住在離陽光很近以及住在霓虹燈或鎂光燈底下的人常吃的東西，但人窩是什麼我就不知道了。

不過話說回來，人窩是什麼一點都不重要，重要的是在小町地裡的死亡，比起出生有人情味多了，照我爸的話說就是比較照顧弱勢團體，意思就是越窮的人死得越熱鬧，圍觀的人也越多。

在這個世上，只要有圍觀的人群，就是商機，管別人是活的還是死的，總之時機是自己創造的，我爸專門在人多的時候吃黑蛾，有時人太多，忙不過來的時候，他就會叫我一起表演。我對那些蛾根本沒什麼興趣，我寧願餓肚子，也不願意表演，尤其在表演之前，還得先把牠們的翅膀拔了，有時嘴巴裡的蛾身都已經嚼爛了，手上的兩瓣翅膀還在撲撲的拍動，噁心死了。我問我爸，難道他不覺得噁心嗎？他回答說：「這個世界上，不會有任何一樣東西比沒錢更噁心的了。」

西門町裡什麼樣的人都有，男的女的還有打扮忽男忽女既男也是女的各色人物，而且不管好事壞事混蛋事都會有人圍觀；不管攤販賣的是雞腸鴨腸還是不正常，什麼都會有人搶著要；任何交易不管有市沒市總能找到買家各自試一試，這裡什麼都有，只除了一樣——沒有同情心。因為不管我爸怎麼賣力表演，銅板掉的聲音都比眼淚滴在地上還淒涼。

當飛蛾漫天蓋地的把小町地的燈光全都吸走，小町地的人群就會像潮水緩慢退去，然後居住在這裡的人會聽到從更遠更深的巷子裡，傳出像貓一樣的哭聲。

每天，當太陽落到西門圓環背後，哭聲就會像雨絲，細細小小以一種不驚擾人潮的舉動，開始沿著街角的陰暗向天空爬去，住這裡的人都知道，伴隨哭聲一起來的，還有一種花粉的味道。那種花粉很嗆，有時還帶著刺鼻的苦味。當花粉在空中飄盪變成晚霞，被吸進每個人的鼻子裡後，便是飛蛾壓境的黑暗了。黑暗中，除了哭聲，還有男人的笑聲。

第一次聞見花香的時候，我以為離家出走的我媽來接我了，因為我媽身上也有這種花香味，我一輩子也忘不了。我高興的拉拉我爸的褲管，我爸卻滿臉愁容的說：「弟仔，這個地方需要我們，以後不搬家了，還有，以後沒錢給你剪頭髮了，恁爸怕別人把你叫錯，所以從今天開始，阿爸要叫你妹仔，聽到沒？」我沒點頭也沒搖頭，因為我被像狂風暴雨壓境的飛蛾給嚇傻了，我只希望天趕快亮，把我從黑暗的哭聲中拉回讓人充滿假象希望的白晝去。

有活人的地方就會有死人，活的越多，死的也越多，因此就算西門這個小町地裡死了一個人，也不是什麼新鮮事，但是如果死者死在暗處，又是個女人，而且是個全身充滿香得會讓人不停打噴嚏的女人，那可就不一樣了。

多年以後，在小町地裡就發現這樣一個死人，只是這個死人並不是個女人，照理應該不會引起任何人的好奇，但問題是，這個人也不是個男人，這個消息讓原本看慣熱鬧的小町地很快颳起了焚風。

那到底是什麼樣的人，圍觀的人群從頭到尾壓根沒弄明白過，就連即時趕到現場的醫護人員和檢察官都分不清楚死者究竟是男是女。這樣的死亡在這小町地從來沒見過，在驚呼哀嘆兼看好戲的人潮中，我仰頭看著天空，那時天才剛剛要黑，我看見幾隻黑蛾已經開始找好霓虹燈準備占領光源，很快的，花粉的香味迅速覆蓋圍觀的群眾，而我始終看不見我爸。

我爸來到西門町表演聞到黃昏花香那天，我爸就決定住在這裡一輩子了。我不知道我爸是因為這裡有很像我媽的花香味，讓他流連忘返，還是什麼原因，我只知道我爸剛來西門圓環的時候，是到圓環側邊的一家專門賣爵士唱片的唱片行想試試運氣和手氣。我爸說，那時他還沒打算當一個全職的表演者，他還想轉行，所以他進唱片行是抱著做生意的心情進去的。

我不知道藝人和生意人的差別，我只知道我看著我爸直著走進去，沒多久就被人像垃圾一樣橫著丟出來。

「再讓我看到就打斷你的腳！」把我爸丟出來的壯漢在我爸身上補上一腳。我爸的右腳大概是那時候被打壞的，從那天起就一直在變小。那時我爸躺在地上不敢叫出聲，直到那個壯漢走回店裡之後，他才唉唉叫，叫得好大聲，我問我爸很痛嗎，我爸舉起手，用拳頭狠狠的打了一拳，我因為痛，忍不住大哭起來，我爸說：「現在你知道恁爸是痛還是不痛了吧……」我一邊哭，一邊問我爸，以後生活怎麼辦？是不是真的要去做乞討？我爸舉起手，我以為他又要打我，結果他帥氣的撥撥自己的頭髮，「我生這款型，做乞丐沒采，要做當然要高級一點的。」看著我爸這麼自信，我就知道我完了，每次我爸一得意，都不會有什麼好結果。我問我爸那之後要做什麼？我爸眼睛望向西門町熱鬧的街道，就在眼睛還看得清楚的地方，有個沒有下半身的畫家，正在替人畫素描。我爸說：「決定了，我要當畫家！」

我爸這個畫家跟別人不太一樣，人家作畫，是架起畫架，拿著炭筆，在畫紙上幫人素描，但是我爸卻是趴在地上，推著一個小推車，上頭放一個破爛塑膠盆，用身體一寸一寸的幫西門町這個地方畫上看不見的記號。我問我爸：「這樣像在畫畫嗎？」我爸說：「這不叫畫畫難道是打麻雀嗎？」如果問他：「為什麼要趴著畫畫？」他就會告訴你：「不趴著畫畫，難道躺著畫畫，躺著畫我是要怎麼爬？」如果再問他：「為什麼要做躺在地上作畫的街頭藝人？」我爸就會摸摸我的頭回答：「妹仔乖，只有你看得起阿爸，你說得對，我做街頭藝人太可惜，我應該上電視當明星，但是做人不能太貪心，只要有觀眾的地方，就要一直表演下去，這是街頭藝人的良心。」

我爸有沒有街頭藝人的良心我不知道，我只知道我爸沒什麼耐心，做了一個禮拜就不想做表演了，因為每次收工，他都會罵那些來西門町逛街的少年仔，說他們的同情心都被狗吃了，寧願花那麼多錢看電影、買衣服、抓娃娃，卻對他精心的畫作假裝看不到，更別說丟幾塊錢給他。我爸說完，就會低頭檢討起來，「衫很破，爬得也很水，腳也跛得很漂亮……」如果沒有意外的話，我爸最後一定扭過頭來瞪我，「一定攏係你沒哭的關係！」後來我爸有一半的時間就改行去吃蛾了，吃飽撐著的時候才會回來繼續在西門的紅磚地上畫畫兼運動。

西門町真是個奇怪的地方，什麼樣的人都會來，而且一來就走不了了，像我爸。白天的時候，西門町的店家明亮的像打了蠟的豬籠草，進來這裡的年輕男女什麼都不做，只是盡情的玩，到處都聽得到銀鈴的浪笑；晚上一到，豬籠草的袋口一束，飄散在空氣中笑聲消失了，街道開始充滿了哭聲。

那種哭聲，很哀怨，後來我才知道那不是貓，而是女人。女人的哭聲有時很細，像冰刨，割人的耳朵，有時利得像尖刀，直刃人心肝，我不知道為什麼男人不管聽到女人什麼樣的哭聲，卻還能笑得出來。每次一到晚上時候，我都會怕得要命，拉著我爸，叫我爸趕快離開，但是我爸卻立刻收起笑容，然後掐著我的手說：「妹仔，你仔細聽了，這是這裡最水的聲音了，水到會讓人感動，聽清楚了沒？這是天使在說話。」我爸說，哭得越可憐的女人，離仙界越近，是個剛下凡不久的仙女，這種女人我們要心存敬意，不可以瞧不起她。我問我爸，那不哭的女人呢？我爸聽了立刻甩了我一個耳光，很生氣的說，那是袂見笑的查某，你要是大漢變成那種人，恁爸做鬼也會回來掐死你。

我紅著眼睛看著我爸，很想對我爸說我是男的，再怎麼樣也不可能會變成女人，但是一出口卻變成：「我是藍的，不可能變成綠的」，我爸揮揮手說：「什麼藍的綠的，我還黑的白的，算了，跟你說這麼多真是鴨子聽雷，不說了，恁爸要去聽仙女講道了。」然後我爸就不知上哪兒去牽著一個正在哭的女人，恭敬的在小巷子裡彎彎拐拐，消失在盡頭。

然後我就得回去街上，把我爸留給我的街頭藝人的工作扛起來，繼續在街上表演。

我不知道我是不是也是一個離天界很近的另類天使，因為每次代替我爸在街頭表演，最後都會因為迷路而大哭。每次一哭，都會引來阿姨伯伯注意：「夭壽喔，誰的心肝這麼狠，這麼細漢的囝仔也要出來賺，恁爸咧？」我望著一個伯伯的褲子口袋，口袋很鼓，我想裡面有很多錢，於是我擤擤鼻涕，忍不住抓了伯伯的褲子口袋：「我爸去陪哭了，阿伯我想要這個……」我一抓，每個人都笑了，說我還小就懂得賺，長大一定不得了。阿伯稱讚我表演得好，給了我不少錢，所以每次我爸去聽仙女講道回來之後，看到我賺的錢，都會說我比他還有表演天分，要我繼續走藝術這行，但是我其實不太喜歡這個工作，因為每次迷路一哭，阿伯叫我妹仔的時候，我都要忘記我到底是藍的還是綠的。

西門町對我來說，不管走了幾次，我都會覺得很陌生，代替我爸在街頭表演的時候，我會覺得西門町明明看起來很小，但是為什麼每次都迷路？而且有些路明明很寬，但是一走進裡頭，卻擠得很，原本該踏在堅硬地板上的腳，都踩在別人的腳上去了。

西門町的道路很多也很雜，每次一走到盡頭，就連接著另一條小路，好像永遠也走不完。我爸說，做街頭藝人的，路最好永遠走不到盡頭，他說，不管是迷路還是沒有盡頭都好，這樣才可以一直表演下去，才有機會討到錢，因為路一旦走到盡頭，人生好像也玩完了。我爸說：「要不然這麼小的地方，誰走得下去。」

不管是畫家還是吃蛾，我以為我會跟我爸做街頭藝人做一輩子，但是在我十四歲的時候，我爸不知道是爬膩了還是吃蛾吃到反胃了，有一天突然找來一個阿伯，然後捏著我的臉說：「妹仔，叫哥哥。」我望著那個阿伯，覺得我爸大概是瘋了，因為阿伯比我爸還要老，「妹仔，你大漢了，做這款工作不適合你，這種辛苦的工作阿爸自己來就好，你現在要去學做仙女。」我不知道我爸在說什麼，我只知道我看到那個阿伯口袋鼓鼓的，好像很多錢。我問我爸，仙女可以學得來嗎？我爸拍拍我的頭，說：「仙女也是街頭藝人的一種。」我又說：「可是我是藍（男）的……」我爸抓起早上幫我綁的辮子說：「什麼藍的綠的，現在你是紅的了，跟這個蝴蝶結一樣，是很漂亮的紅色，知嘸？」我點點頭。我爸又說，記住阿爸說過的話，不可以離天界太遠，不然阿爸做鬼也不放過你。

我爸說完，就沿著小路轉大路，然後就再也沒有回來過。我爸離開的那一天，我身邊便圍繞了許多飛蛾，趕也趕不走。

我爸走後，我開始做起另一種的街頭表演工作。我和我爸表演的內容很像，但是也很不一樣，我爸爬的是西門町的街道，而我爬的範圍很小，就只是一張床。開始表演前，我會拉開化妝台的小抽屜，將一盒裝滿昂貴紅色的花粉，一層又一層的鋪在臉上。花粉有時很香，有時也很嗆，後來我才知道小町地的花粉所以會那麼嗆，是因為這裡的花粉都不是從蝴蝶腳上篩下來的，而是從黑蛾的翅膀上抖下來的。

被花粉嗆得受不了的時候，我會打開窗，望著西門町的熱鬧街道。我幻想著也許有那麼一天，從我身上飛出去的黑蛾能飛到我爸的表演場。但是直到多年後，小町地裡的暗處死了一個人，當黑蛾降臨，花粉的香味覆蓋住圍觀的人群之後，我才明白我爸說對了一件事，就是從那之後，我真的變成紅的了，但是我爸也說錯了一件事，那就是我無論如何也做不了仙女，頂多是隻一樣會飛卻飛不遠的紅黑蛾。

西門町真是個奇怪的地方，明明到處充滿了花香，卻沒有任何一株花在這裡生長；明明早上還是個晴天，晚上卻會下起女人哀怨的哭聲細雨，把我一直困在雨裡頭。

敵人來了

我娘瞎了，連她唯一的兒子長什麼樣也瞭不準了。

我娘還沒瞎之前，我們就住在杓花村背海的南面，餓了就吃綿羊奶子做成的奶酪子，冷了就穿綿羊身上毛料做的衣裳，我娘和我相依為命，日子倒也過得安穩。

我娘瞎了之後，什麼事都變了，她比往年更疼我，怕我穿不好，每天都會為我織新衣，縫新鞋，那些新衣新鞋不論我怎麼小心穿，總是一天就壞，我娘只得再辛苦的為我做新的；我娘也怕我吃壞了肚子，每天要吃的糧食，總是細心的烹煮，就連鍋裡吃剩的渣渣，也從不讓我吃，總是自己搶在我前頭一口吞進肚子裡，就怕我吃壞了身子。我娘說，她病了不要緊，但是我是這個家的支柱，不能病。我想我娘真是太疼我了，這世上再沒有人能像我娘那樣親熱地待我。

我娘對我好，這個村裡的人都明白，誰不知道每天我帶著兩隻綿羊，上田裡啃青時，我娘就會立在門外，扶著門柱，瞅著不明不白的眼珠子，就盼著我回來。一等我回來，我娘就會趕緊將兩隻綿羊的繩頭接過去，捆在自己的手彎裡，就怕我累著。

這個村，不只我娘變了，其實全村的人都變了，自從聽說釘子要從海上攻打這座海防小島，村裡村外連綿十幾里很快地接到上頭的命令，上頭給村人的命令就是，不想死的後方有地雷砲，想取多少就有多少。我不明白村人是不是把地雷砲當成是擊退敵人的最後希望，還是把那玩意兒當成了村裡最新的把戲耍，我只知道那時村裡的每一個人，幾乎人手一顆地雷砲，像玩迷藏那樣把地雷砲藏到別人找不著的地方，有的為了防賊，甚至把屋子外圍的籬笆下都埋了一圈。村裡的人一邊失心瘋的埋地雷砲，一邊還樂活地喊著：「敵人來了！」

釘子敵人最後不知是什麼緣故，始終沒來，但是地雷砲這個看不見的敵人，卻大剌剌地進駐了杓花村。

我娘是村裡第一個從這遊戲中清醒過來的人，當她顫著聲音，對村人說「敵人來了」的時候，不遠處還有地雷砲引爆的轟響，後來才知道那個響聲炸的正是我爹，那時我才十歲啷噹。

敵人從那時起，開始跟村人玩起躲躲樂，而且一玩就是好幾十年不曾休息。

我不知道我爹是不是我娘的敵人，我只知道我爹還在世的時候，整日只知道找樂子，什麼莊稼農事也不幹，那時我娘恨死了我爹，但是我爹被地雷砲炸得不見屍骸之後，我娘開始恨起了這一隻隻看不見的敵人。

敵人來了之後，什麼都變得不一樣了，就連這個村的名字也變了。

杓花村原本不叫杓花村，早些年叫什麼我也記不太清楚，不知道是叫金沙還是金風的。我只知道這裡三面環海，一面向山，一年裡有九個月都颳強風，日子一過了熱暑，風就會從東北面的海上颳來，把沿海的碎沙漫天蓋地都吹進村子。不消幾分鐘，村裡的井水、剛漿過的衣服，新生下的初生兒，全都灰濛濛覆上黃沙一片，村人和村人說話不是瞇著眼睛就是捂著嘴，有時連嘴巴都懶得開闔，幾個手勢和眼神就交代了所有事。

原本這個村子對外還連接了幾個村莊，翻過山頭就到了，這一帶地方雖然不產金子，但是村外的鎮名，不是叫金城、金湖就是叫金寧。我娘說，她還是姑娘的時候，那時她還沒遷移到這兒，聽說這裡什麼都冠上了一個金字，還以為這裡連門都是金子做的，哪裡知道渡海來到這兒，她才什麼都醒了，也什麼都看清了，這裡說穿了，不過就是個沙城。

自從我娘瞎了以後，我不知道外頭那些村子是不是也改名了，我只知道我娘在瞎了眼睛的隔年，她在黑不隆咚的房間裡，聽見不遠處有地雷砲的響聲後，突然大喊：「杓子花，石頭，快來瞧瞧，是杓子花開了。」我摸不著腦袋的打開屋門一看，屋外景色如昨，空氣中還是飄著一層沙，但在黃沙後頭的山坡上，真的朦朧地飄下一朵朵的粉中帶紅的杓子花，我扭頭對我娘說：「娘，妳眼睛好了？」我伸手在我娘面前揮過來又揮過去，只見我娘瞅著一對茫然的眼說：「石頭，我是瞎了，但是有些事瞅得更明白了，咱們是生荏摘瓜連蒂苦，誰也離不開誰，我可憐的石頭……」

我娘說這話的時候，眼睛已經像爛糊那樣黏稠在一塊兒，分不出哪裡是眼窩哪裡是眼骨。我娘話才剛說完，掉在庭院裡頭的杓子花被風一吹，花香全飄進屋裡，那花雖然香，卻不是芬芳的香，而是那種能讓肚子餓得咕嚕叫的滋味。這會兒我全明白了，我娘的眼睛不僅壓根沒好，就連我的眼也差點讓這兒的強風給矇拐了。我走到庭院撿了一朵杓子花，回頭對我娘說，娘，這杓子花可不是普通的杓子花，晚上能加菜的。我娘捧著杓子花，高興的猛點頭，說：「噯，好咧！」

從那時起，村裡的人便開始跟著叫這兒是「杓花村」了。

我以為，我這輩子都會是玩躲躲樂的高手，輪不到我當鬼，但是日子久了我才明白，這種遊戲刺激的地方就在於，沒什麼事能說得準的，什麼都有個意外。

那是起大風第二個月圓後的清晨，沙地裡吹來四尺高的沙牆，把青稞都給吹翻了襯裙。在這種寒天裡，村子裡用來防風鎮沙的獅爺們根本起不了什麼作用。村裡人明白，娘明白，就連我也明白，有沒有用都不重要，因為我們戒不掉的，是心裡的凶煞。

這天，我順著回家的路，一步捱著一步往家門走去，我越往家走，跟在後頭的人就越多。人越多，我的心就像繃緊的鼓皮，他們想要的是什麼，大家心裡明白，他們要的不過就是一朵杓子花的施捨。

直到現在，我連事情怎麼會發生到這步田地都還搞不清楚，我只記得一早，我同往常一樣，順著平時走慣的老路，在屋外告別了母親，趕著家裡僅存的兩隻綿羊到野地去啃青。我娘在我離開前，還不忘跟我說：「小心敵人，回來路上要是看見杓子花開，別忘了摘一朵回來下菜。」我點頭說好，跟我娘說，天涼，回屋裡等我回來。

但是我娘擔心我拐錯彎，踏錯路，不小心讓「敵人」黏上，所以說什麼也不肯進屋休息，一定要站在屋外等我比較安心。

其實敵人埋在村裡都這麼些年了，村人慣常走的路該炸都已經炸完了，因此這一路上我就是瞎了眼，也能聞著羊腥，跟在羊蹄子後頭，不多拐一個彎地走到綿羊啃青的地方去。這個村子哪個地方埋著敵人，雖然沒有人知道，但是綿羊卻多少能嗅到一點鐵鏽的臭味。吸著鐵臭養分的草，不管長得多旺，綿羊連看一眼都懶，更別說吃進肚子裡。

我不忍心忤逆我娘的意思，牽著羊走了。

我一路跟著綿羊，還沒走到啃青的地方，我發現綿羊雖然枯瘦，身上的毛捲子卻都發齊了，像我頭上蝨子一樣多，越看，我的心裡就越發踏實。今年，我娘又有足夠的毛捲子能幫我做禦寒的冬衣了，只是我娘不知道是不明白我已經不是從前那個矮個子的石頭，還是什麼緣故，總是把袖子短少了幾吋，領子也小得釦不起縫來，更重要的都經過這麼些年了，從前那個毛躁的年輕石頭早就不見了，我的體力一年比一年差，但我娘還老是像從前一樣，只打了單面薄料的衣服給我禦寒，不論我怎麼提醒她，好歹得弄個雙層的裡子，但她總是糊里糊塗的把這事全忘了。

看來我娘的腦袋和她的眼睛一樣，都老得不像話了。

看著綿羊茂密的毛捲子，我心裡雖然樂，卻沒敢休息，盯著羊屁股，直往東邊的荒野裡去。路上，我遇見村口王七麻子一家，和那隻眼睛裡老是翳著一層黃色汁液，腳瘸得不像話的老監牛（如果老老爺還活著，恐怕也不至於淪到那副德行）。

現在回想起來，一切都是從遇到他們開始的。

王七痲子他們一家就坐在老監牛的背上，連全部家當（幾張發酸的爛褥子，和幾個盛不了水的破碟子）都繫在上頭，他們像是疊人牆那樣一個壓一個，見我走過來，便歪脖曲腿地橫著跟我打招呼：

「石頭！是石頭！瞧我們多神氣，能見著石頭。」說話的是王七痲子他娘，他娘嘴上說的是美事，但兩隻眼睛卻是骨碌碌的透著邪。

痲子他娘蝦瞇著眼，說話時，既不瞅我一眼，更別說會對我娘親手為我新做的烏丘鞋誇上一句，她的眼尖得像隻惱人的蚊子，偷破綻似的，在我那這兩隻珍貴的綿羊上上下下直滴溜。

「痲子，你可要好好地跟石頭道別啊！」他娘挑了挑眉，使了個眼色囑咐痲子。

「石頭，我走啦，村裡青稞一天天少了，當心綿羊餓暈頭，落得和我一樣下場……」痲子指著他腦袋上拳頭大的窟窿，窟窿上還不時淌著膿血。

痲子一頭爛糊腦袋的樣貌全村的人都看過，就連我娘也見過。在我娘的眼睛還瞅得見東西時，痲子就被他自家那群餓得迷二巴糊的綿羊給帶進死亡胡同，要不是麻子跑得快，在綿羊一腳踩上地雷砲時，及時滾進石堆下，可就不只是後腦杓被砲彈濺起的乾土塊打壞半邊腦袋，恐怕連命都給刨了。

但自從我娘瞎了之後，麻子的腦袋不但沒好，現在還更糟了，幾里外就能聞見從麻子頭上散發出來的那股膿酸味兒，臊得沒人敢近。這不能怪麻子，其實村子裡裡外外哪一個不是缺胳膊斷手臂的，就連我娘的眼睛不也遭慘，比麻子更嚴重的天天都上演著，為了看得見的敵人，沾上看不見的敵人，這是我們這村的命，早就該慣了。

「……石頭，這村不行啦，缺腿斷臂的都走了，你還完整，留下來千壞沒個好，只會圖人眼紅，就連你那瞅不見明的娘不也是……」麻子說。

「呸！」我朝北風中啐了口痰，那口痰卻旋即「啪嚓」一地吹打在我的臉頰上，我左手抹痰，右手指著麻子的鼻子，嘴上惱火：「冷灰爆不出火來，村裡村外誰不曉得我娘就我這麼單根獨苗一個兒，她眼雖然瞅不見了，但照樣年年給我打棉襖織衣補鞋，日日呵我暖，啥也沒短我，我們好比黃連和苦楝子，苦雖苦，但苦得心裡踏實……」

「行了、行了，沒人讓你棄了你娘，瞧你緊張的。」麻子舉起手算是投降我了，「石頭，跟你說實了吧，」麻子神色不定的抬頭瞧了瞧他娘，好一會兒才下定決心似的對我說：「我是想告訴你，你時來運轉要換窮啦！」

「怎麼著？」

「別說我沒兄弟情，小聲跟你說了，釘子沒來以前我就聽我爹說了，這地方村落的名字上到處都有個金字，你猜為了啥？」

「為啥？」

「你還真不明頂，當然是這地方從前藏了大量的金子。」

「不可能，我娘說了，沒這回事。」

「那是你娘不知道，這種祕密要不是你是我哥們兒，我也不會告訴你，這事千真萬確，只有像咱這種在地方上的老根才會知道的事。」

「既然有金子，在哪兒？」

「埋了許多金子在村外的那口大井裡，只要過了村外那條溝……」麻子說這話時，遠處響起一陣陣驚慌失措的尖叫聲：

「黏上、黏上了，要炸啦！」那叫聲驚惶中又帶著興奮。

聽到這種聲音，不用說，誰都知道村裡又有人遭慘，讓敵人給黏上了，但也有人正為這事樂著呢，我娘的眼，也是為了尋這聲音，而傷瞎了。

不多久，「轟」地發出一陣巨響，腳下的泥地便像池塘裡隨風起漪的荷葉，微微的晃動起來，不遠的天空杓子花開了，隨後便像雨一樣紛紛落下，粉色帶紅的杓子花映染了村裡每一雙眼睛，美麗極了。

耳蝸聽著遠方的餘響，我努了努下巴拐子，對麻子說：

「聽聽這響仗，麻子，你瞎唬別人還行，卻瞎唬不了我，誰都知道釘子走後，村裡最多的就是『敵人』了，往哪兒站，往哪兒踩，都硌得心慌慌，若真有金子，恐怕也早給人挖了。」

我知道，我娘也知道，麻子不應該不知道。咱這個村，早已不是以前那個牽著徐狗，架著鷹，到處可以玩拉扭、放鴿子，怎麼過活都是一把無雲一把幽的杓花村了。現在這個村子，就剩一屁股窮，連驢子屙屎也能招來大夥拚了命的搶，只為幾顆消化不淨的玉米穀子，要是沒搶著聞個屁味兒也是好，緩和吃食的欲望。

每個人都想逃，但是就是沒人能逃得出敵人的五指山，奔活到外頭去，一旦讓敵人給黏上，誰就成了咱村又怕又恨的敵人。只是，不知道從什麼時候開始，自從村人無論怎麼也生不出糧食的那一刻起，敵人的出現就變成村子苟延殘喘的希望。

我娘說，那是老天在幫助咱們村，在咱這塊土地上，播了杓子花的種子，解救村人的苦難來了。每回聽見地雷砲的響仗之後，就是杓子花開花的時刻，杓子花不僅漂亮，還很香，更重要的是它能填飽村人一餐的飢餓。

我壓根不信麻子胡謅村口有金子，只是雖然不信，我卻沒有立即扭頭放羊啃青去。我想，那時我是被不知名的什麼給迷住了吧。

「說你是個石頭，你還真是個石頭，明白點，你想想，當初咱村子裡的人沒事幹啥在村口埋了那麼多地雷砲，是為了什麼？」

「為啥？」

「當然是防偷賊呀，住在這裡的人都曉得這件事，他們都不想別人搶在自己前頭把金子搶去，這麼明擺的事，你怎麼會不曉得呢！」麻子坐在老監牛的背上，他一邊同我說話，他娘卻一邊「喝、喝」的趕著監牛，我只得仰著頭，一邊聽，一邊提腿小步跟著。

「是麼？就為了這緣故，他們寧願把自己用地雷砲困在村子裡，這不更傻？」麻子不說還好，他越說，我的心就咚咚地直打鼓，多年來，我等的就是這一刻。我想，我終於為我娘和我找到了新的活路。

只是我不知道痲子一面同我說話，他娘卻趁隙把我那兩隻綿羊，全都給拴綁在老監牛的屁股埂上。

「要不這麼著，跟我們一塊，等你發達了，再回頭耀你娘的光，省得在這兒受村裡人的紅眼氣。」

痲子這話真打動我了，釘子撤退後，我們杓花村的日子就只剩地雷砲，村裡角落堆得最多的就屬墳坑，若有機會誰不想過過好日子。我心一橫，不撞南牆不回頭，真跟痲子挖金去。

但是我才提腿兒往前跨了兩步，我娘為我縫的烏丘鞋便提醒了我，不是不能去，只是我恐怕還沒走到村子口的那棵大槐樹下，我那十根早已凍黑的腳趾青，恐怕就要把比紙糊得還薄的鞋底捅出大口子。若真能幸運走到村外頭，腰間上，除了爹的牙，撈不出半點銀錢的束袋不把我餓死，身上的薄料也會把我給凍死。

我這才終於明白，我想不到的事我娘全想到了，我娘疼死我了，她對我的愛把我照顧得實在太好了，自從她瞎了她就想得更周全了，連十幾年後會發生的事，她都想到了，就像小燕子是離不開鳥巢一樣，我這輩子是離不開我娘的了。雖然我已經老得不再是一隻小燕子了，但是身上的衣服始終沒長大過，難怪我娘這些年來，始終跟我說，我這一輩子永遠都是她的小石頭。

北風摻和著沙，一股腦兒全進了我的眼袋子裡，我明白往後這一輩子，不管綿羊身上的毛是如何茂密，那一切的一切，都不是我能過問的。想到這兒，我腦子更清明了，我終於知道我娘說，咱母子倆，誰也離不開誰，說的是啥意思了。

我停了腳步，才想開口對麻子說我不跟他們去冒險了，哪知道我這一停，我看到我和我娘那兩隻靠活的綿羊，像串腸子一樣，全繫在老監牛的屁股上，我不知道麻子他娘玩什麼名堂，我只知道我要是不要回綿羊，我和我娘這輩子大概也完了，我急得高喊：「麻子，我的綿羊喂！」

「借幾天使使，等安頓下來，加倍送還給你。」麻子一面說，他娘一面趕命似的拚命打著老監牛。

我聽不明白麻子話裡的意思，我仰著頭問麻子：「借幾天是可以，倒是你啥時回來？」麻子一聽，眼睛卻濕了，他說：「我的好兄弟，你的腦袋真是顆石頭，你和你娘就好好去吧，到時開出漂亮的杓子花，讓杓花村的天空再次布滿杓子花香就行了，那才是身為人的價值。」

我沒聽清麻子說的是什麼，於是邁開步子追起老監牛，以及後頭那兩隻綿羊。

那隻老牛是不行了，牠一面跑，眼淚噙得跟什麼樣，我不費功夫就趕上老監牛的速度。

「麻子，你說什麼花香？我沒聽清……」我說。

麻子他娘一看見我跟上老監牛的屁股梗，隨手抓著什麼，就往我臉上砸來。

「說什麼都不重要，重要的是你怎麼不去死呢！」麻子說這話的同時，麻子他娘剛好丟完了幾個破碗瓢盆，他娘幾度抱起捲在監牛背上酸臊的爛褥子，想要制止我的追趕，但是我一眨眼，瞧見他娘揪起的，卻是麻子的腦袋杓子。

「石頭，你再追，麻子就是你害死的！」麻子他娘突然發狠的朝我大聲嚷嚷。

我還真是嚇得愣傻了，耳朵響著麻子叫我去死的話，眼睛看著麻子他娘就快要讓自己的兒子死在我面前。這究竟是怎麼一回事？

麻子早料著他娘會有這招似的，反手一扳，就擒住他娘的威脅：

「我死了將來誰給您送終……」麻子一面宏聲粗氣的說，一面想拉他娘下監牛的背，就這麼一用力，麻子腦袋上呼呼淌的膿血更多，那股腐朽的腥臊味兒攪和在冰冷的空氣裡，比羊尿臊臭還棍棒。

我捂著鼻子，杵在青黃泥土路上愣瞪的看著。沒多久，不知是麻子和他娘扭打的太厲害，還是老監牛不行了，我才一眨眼，他們就全倒在地上了，也不知是怎地栽跟斗的。看他們倆都平安了，我總算鬆了一口氣，畢竟是一家人，我才想要上前調和他們，沒想到我正神一看，發現老監牛屁股梗上，我的綿羊嚇得一蹦兩蹦竄得不知去向。

住在杓花村的人都知道，這村裡的東西要是落了，等於是老天爺打賞這村的，誰先撿著就是誰的，這麼一著，我哪兒還管得著在泥巴地上扭打一塊兒的痲子和他娘，找綿羊要緊兒。

遙遠的，我瞧見村裡已經有人操刀帶傢伙，成群的趕來準備想要分一杯羹。我心裡一慌，火三火四的矇了眼，顧不得認路，東竄西跑的費了好半晌的功夫，好不容易趕在別人前頭，從泥巴坑裡逮回了一隻綿羊，才想再提腿兒跨步尋另一隻羊……屬於我的遊戲結束了，熬了這麼些日子，我還是逃不過這村裡的命。

我抓著綿羊，才剛想上了泥巴坑，隱在泥地裡的地雷砲便像隻大蛤蟆，張著血盆大嘴朝我一蹦跳，一口咬上我的小腿肚兒，痛得我渾身使軟。

我娘不論怎麼提點我，我終於還是步上爹的老路，成了另一個地雷砲人。

我站著，靜靜的站著，看天上的白雲飄過來又飄回去，一向鬧餓的杓花村突然寂靜極了，不知過了多久，也不知怎地，我竟然聽見死去的爹的叫喚……

「石頭，咋勒？你咋杵著不動？」

我一回神，不是爹，是我娘的親弟弟來了，那個住在墳坑堆裡，缺了一對胳臂的萬二爺。

「沒事，絆傷腳而已。」我沒敢說實話。

「咋勒？俺是你地舅，有啥事，俺會替你想辦法……」萬二爺眼上眼下瞄著我的腿兒，嘴角往上咧了咧，「踩上砲子口啦？」萬二爺眯著眼，「好、好，你放心的去吧，你娘我會好好照料，那隻羊……，信了俺唄，俺會親自交給你娘。」我娘有這樣的好弟弟，後半輩子不用怕了，要不是我娘在家門口等著我回家，我還真想把綿羊交給他。

沒心思理會萬二爺，我緊揪著綿羊，心裡亂如麻。一會兒想起同樣被地雷砲炸死的爹，一會兒想起還在屋外巴望著等我回去的娘，我這一想起我娘，不自覺的愁起來。我娘沒了我，該怎麼過活？一想到往後我娘得自己獨個兒在黑天黑地的世界裡摸索生存，我就心慌得不像樣。

都到了這步田地了，啥事我都顧不得，我只想見我娘一見，哪怕是遠遠的，我也想回家瞅她一瞅。

「石頭！你咋動了呀，別動呀！」萬二爺激動起來，「石頭，你去哪兒喂！那是村子啊，難不成……」

村裡誰都知道，一旦成了地雷砲人，他們就會用棍棒、石頭來歡迎地雷砲人，好讓地雷砲人在吸收了全村的歡呼和愛戴的養分之後，開出一朵朵漂亮的杓子花。

但在那之前，只要不震盪到地雷砲，一時半刻是死不了的。為避免地雷砲失心瘋，我瘸著腿，像個螃蟹似的，一面想著我娘，一面緩慢的朝村裡移動。

「石頭，你別再往前啦，再往前對你只有壞，沒個好！」萬二爺擋住我的路，那雙為了撿地雷砲人的便宜而被炸斷的胳臂，還朝我爆著筋。

「我要回去。」這個時候我只想見我娘。

我人都還沒走近萬二爺，他就像熱水裡的跳蝦，一個蹦蹬，立刻閃得遠遠的。

「你不能活了，也不能害村子裡的人都跟你一樣呀。」萬二爺說完，突然扯開喉嚨大喊：「黏上啦，石頭讓敵人給黏上啦！」萬二爺尖銳的聲音叫響了整座村子。

該來的終於還是來了，村裡成群的人帶著傢伙，都朝我這兒奔來了，從田裡來的掄著鋤頭，從村裡來的有的拿著鐮，有的持棍棒，另外還有些娃兒一時三刻不知該帶什麼，攜著碗也跟來了，我知道，他們都是來為我慶賀的，想擺脫這村子的命運，死是唯一的途徑。

很快的，他們一個個手抄傢伙，紅著眼把我圍在人群的中間。

「石頭，別再往前了，你不想活命，可也得顧著你娘……」

「石頭，恭喜你，投胎離了村，又是一條好漢。」

「放心去吧，這合該是你石頭的命……」

他們個個都是善心人，軟聲軟調的喚我石頭。我知道他們全都是為了我好，也為了村子好，但是我也有我自個兒的打算。我緊揪綿羊，什麼話也沒理會，只管往前走，我是肯定要見我娘一面，誰叫我是她單根獨苗的兒。

大風使勁的吹，我忍著眼睛裡的沙子，頭沒抬，繼續往前走。

「大夥們兒，咱們跳舞吧，送石頭最後一程……」人群中有人起鬨。

他們像慶祝慶典那樣發瘋似的朝我身上砸石頭，我看得清楚明白，第一個朝我砸石頭的，就是我娘的好弟弟，我的萬二爺。我想他一定是比任何人都還要高興，不然不會領在大夥兒的前面丟石頭的。

石頭從我頭上砸落，我捂著額頭上滋滋冒血的傷口，拚命的往家裡走。也不知被石頭砸了多久，我終於看到咱家用土塊壘起的石牆了，我就要見著我娘了。

遠遠的，我見到我娘蒼蒼的白髮在冷風中呼哧飄盪的模樣，我娘還是照往常一樣，擔心我放羊啃青出了意外，整日就拄著拐棍到牆簷外等啊盼的瞅我回來。

經歷了那麼多的時日，現在我心裡比誰都清楚，自我娘眼瞅不見明之後，她不僅愛我，也更依賴我了，她的愛耗費了她所有的心力，白髮才會如此快速的爬滿她的頭。為了能讓我穿到多一點的新衣，她每次都只縫單面的衣服，雖然讓我一出門，不消半刻便受不了冷，必須回家躲一躲、窩窩暖，但村子裡的人卻沒一個像我一樣這輩子能擁有上百件的新衣穿。為了讓我每天有新鞋穿，她不辭辛苦的把新鞋做得像紙一樣柔軟，雖然無法走遠路，一走遠腳趾頭就要見縫，但是我卻是天天都有新鞋可以換。

我沒見過這麼愛我的人了，我想我娘是唯一真心正意地疼著我、想著我，惦念著我回家的人。她這樣疼愛我，今天我卻要讓她傷心了。

「石頭？是石頭回來了麼？」我娘拄著棍兒在牆簷下喊我，我恨不得立刻奔到我娘腳邊，讓她擂擂我的肩頭，撫慰我兩聲。

「娘。」我止住步，怯懦的回喚她。

「果然是石頭，老遠我就聞見你身上那股酸味兒，回來就好、回來就好。」我原本只想遠遠瞅我娘一眼，但我忘了，自從她眼睛看不見，鼻子和耳朵就特別靈敏，她還是發現我了。

「您先進屋歇著吧。」我沒敢再往前一步。

「一起進屋歇去，綿羊交給娘就行了。」娘伸出手。

我傾側著身子，盡量伸長手臂，將綿羊交到她手上，但是我娘的鼻子還是提醒了她有些什麼不對勁兒。

「啥味道？怎麼你身上有一股生鐵味兒？」我娘不停的抽動著鼻翼。

「我在泥巴地裡摔了一跤。」我隨口胡謅。

「這味道——這味道——」我娘頓了頓，眉頭漸漸堆皺起來。

「李大娘，石頭已經不是妳的兒子了，他是全村的敵人！」身後有人高喊。

經這麼一喊，我看見我娘的臉倏地耷拉下來，神色扭曲，拄著拐杖的腿微微打顫。

我娘畢竟是我娘，她沒有嚇得拔腿往後跑，就足以說明不管我怎麼了，我永遠都會是她兒子，不會是她的敵人。

我明白的，我娘和往常沒兩樣，就等著我和她一塊兒回家去。

我看著我娘忍著心口的疼，挨著牆，碎著步子摸索著向前，那雙瘦得和枯藤沒兩樣的老手朝我哆嗦：「石頭、石頭，我命苦的石頭喂！」

望著我娘苦命的臉，我想起了王三麻子他娘，想起了萬二爺，想起了全村人的臉，這會兒我看著我娘慈愛的臉，我真慶幸我有一個這樣好的娘。

就算全村的人都在等著輪到我當鬼，我娘也捨不得背棄她唯一的兒。

我娘溫暖的嗓子在我心裡直漩渦，山洪爆發土石坍方也剪不斷聯繫咱們的臍帶，窮家火熱，咱同甘共苦過了這麼些年，就是最好的證明。

我伸出手，靜靜的等著，等我娘在這節骨眼，拉我一把。

在全村的精利目光下，我娘毫不猶豫的伸出她溫涼老手，朝我牽拉過來。

我看著我娘的手筆直地朝我而來，我激動的模糊視線，但是就那麼一瞬間，我想我娘如果不是太愛我了，就是眼睛瞎得太過火了，以至於我娘的手竟然盲目的略過我，伸手朝我身後的村人中摸了去。

我還沒弄明白這究竟是怎麼一回事，就聽見我娘說：「石頭，來，別怕，跟娘回家去啊！」

我心疼地看著我娘說，娘，您嚇壞了吧，我這個沒用的兒子老是讓您操心……我伸出手扯住我娘的胳臂：「娘，您的石頭在這兒，一切都過去了……」只是不管我怎麼輕喚我娘，怎麼拉扯她衣袖，我娘都只當我是杓花村的灰塵粒子，讓一陣風輕輕拂過，渾然未覺似的。

「石頭，咱快回家去，娘熬了鍋熱湯，晚了，就怕要涼，要涼了……」我娘似親切又生分的對著她身旁的陌生村人細聲喚著。

「娘——」望著我娘顫慄的背影，我一次又一次輕輕兒地喊著，「娘——，娘呀，我在這兒！」

我想我娘真的瞎了，連她唯一的兒子長得什麼模樣都矇不準了。我娘熟熱的挽著不熟識的村人的胳膊，口中喃喃重複著：「熱湯怕要涼了，要涼了……」

當我娘帶著她以為的兒子，回到家門邊時，朝我瞅著不明不白的眼珠子，遲疑又不遲疑地帶上門，我知道，她永永遠遠的把我推離了她身邊了。

一路上，我心坎裡那個高高低低直打漩的漩渦，就在我娘闔上門時，終於漩上了岸，落在杓花村滋滋冒著汙血的土地上，成了一灘水，一堵牆，一道淒厲的喊聲：

「敵人！敵人來了！」

我娘的叫聲震盪了整個杓花村。

杓子花終於開花了，滿天的杓子花乍開在滿是沙塵的杓花村上空，帶著獨特的香氣，帶著奇特的鮮豔色彩，在冬日的晚霞裡，杓子花顯得特別明亮漂亮。杓花村的村人在花雨中興奮的起舞，似乎在迎接得來不易的豐收。

那年的杓子花季雖然來得特別晚，卻也特別的肥美。隨著強風吹送，杓子花像海防邊的浪花，不停的推湧著居住在杓花村村人的目光，一如荷葉池塘裡的水，微微起了漣漪那樣，在帶著四尺沙牆的強風下，清悠悠的晃蕩。

杓花村的強風依舊，長達九個月的強勢風力助長下，帶來北邊迷霧般的細沙，將每一個人都矇在混沌中，也把村人的眼睛，都矇在深不見底的獅子爺腳下。

不完全碰撞

那時，他們還不知道，他們將在同一時間，抵達同一地點。

在那之前，他們出發。

他們是從沒獲得掌聲的老魔術師、漫無目的在城市行走的拾荒老人，以及一個從不遲到的心理醫生。

十一點過七分，老魔術師從城市遙遠的邊陲，快步走向城市中心的車站，他得趕上十一點二十三分的火車。

老魔術師戴著滑稽的高帽，披著彷彿能夠隱形的大黑斗篷，在人群裡穿梭。人來人往的街上，行人忙碌向前，老魔術師的怪異服飾沒有引起路人的側目，也沒有人拋以奇異的指點，好像老魔術師真的隱身在黑大斗篷之下，風中只有斗篷的一角被風吹得啪答的響。

鎂光燈與掌聲早就離老魔術師很遠很遠了，或者我們該說對老魔術師而言，那些東西從一開始就沒有存在過。

沒有掌聲，沒有熱情的歡呼，對老魔術師來說，再正常不過，因為看過老魔術師表演的人都知道，他總是在秀一場沒有人看得懂的魔術：一隻撲撲振翅的鴿子，放進魔術帽之後，用魔術棒攪拌一陣，拿出來的仍舊是一隻撲撲振翅的鴿子；一張倒了熱牛奶的報紙，熱牛奶很快的穿透報紙，灑滿魔術師全身……，而魔術最後，觀眾總是憤怒的將手中的汽水、零食、任何拿在手中的東西，砸向舞台作為收場，沒有一次例外。

然而奇怪的是，來看老魔術師表演的觀眾不減反增，而且特別的是，只要你願意，你總能從每個人身上，搜出五、六顆大小不一的石頭。如果你問他們，他們會說，來這兒是為了尋求發洩。

老魔術師知道，每個觀眾都是一頭獸，唯有隱匿人群的集體行動，才使他們有攻擊的勇氣與快感，而他就是促使他們集體行動的暗夜。

凌晨一點，星光迷離的暗夜中，闇黑的廊道，海浪拍打的北岸，一名身穿黑色道袍，長相怪異的拾荒老人，佝僂著背，在沿海觀光的景點道路旁，弓身縮進塞滿臭酸的隔夜食物的鐵桶內，摸黑。

不知撈了多久，拾荒老人「嘿嘿」一聲，從塞滿垃圾的桶子內拉出斷了半截的女用高跟鞋，鞋子在空中甩了兩圈半，老人抽動鼻翼，將高跟鞋湊近鼻下嗅了嗅，「可惜、可惜。」老人長滿肉疣的黑手，仔細撫觸鞋面的每吋肌膚，像把玩女子的三吋小金蓮，許久後，突然將高跟鞋朝海面用力扔去，「陪妳的主人去吧。」高跟鞋騰空旋了好幾轉之後，噗通掉進載浮載沉的海域。

老人伸手，繼續朝鐵桶內撈拾，「嗯？」一件缺了半邊奶的胸罩，被老人拉出惡臭的鐵桶，而胸罩下，似乎還勾著什麼，沉呼呼黏稠稠的。拾荒老人皺眉，再猛力一拉，拉出了胸罩下，被肩帶纏綁的一隻——胳臂。

拾荒老人扛起血淋漓的手臂，缺口血肉模糊，還在兀自淌血，看來似乎是被人硬生生的從胳臂上瞬間撕扯下來的。老人環顧四周，看來有人比他搶先一步，充當起暗夜的執法者。

十一點十九分，老魔術師在斑馬線前停下腳步，仰頭，小人號誌是警告的顏色，還未換上輕鬆的綠衣，得等。

等待中，老魔術師想起第一次上台表演的情景，那時他表演的是名為復活的魔術。他將一隻翩翩飛舞的赤黃蝴蝶，當著觀眾的面活生生撕成兩半，全場觀眾驚呼，一滴蝴蝶腹部的腸液沿著手腕，滑進老魔術師的衣袖裡。

只是蝴蝶魔術在觀眾錯愕的神情中結束。

魔術師深深的一鞠躬，觀眾暴怒，他們根本沒看見蝴蝶復活，這是一場騙局。

老魔術師搖搖頭：「你們得等，時間是最偉大的魔術。」沒有人相信老魔術師的話，因為沒有人能等待時間。

此後，老魔術師的表演會上多了汽水、零食、石塊，紛飛的氣憤。

沒有人理解老魔術師的魔術，有些人甚至以為老魔術師表演的，是如何引爆觀眾的憤怒。然而老魔術師知道，他呈現的是一個難以言說的隱喻，一個荒廢的象徵，從群眾憤怒的眼神中，他知道他成功了。

老魔術師不需要觀眾的理解，因為這就是幻術，就連觀眾手上的石頭也是。這世上的一切都是假象，沒有什麼是真實的，而他是這世上最偉大的幻術家。

小綠人出現，老魔術師越過斑馬道，繼續往前奔去。

「我知道你們都在等待第一個朝我扔石頭的人，然後你們就可以放膽的發洩了，但是今天，我想看見第一個朝我扔石塊的人，而且我將給予掌聲。」在一次魔術表演上，老魔術師說。

老魔術師環伺台下觀眾，許久，沒有一頭獸敢在眾目睽睽下，正大光明的襲擊。

語言是最有效的障眼法，老魔術師輕笑。

然而待老魔術師一個轉身，背對觀眾，數十顆石頭齊飛，在他頭上打腫了一個大包。一個台下的小女孩從氣憤的群眾中站了起來，不停的給予熱烈的掌聲，她說那是她看過最精彩的魔術了。

老魔術師一臉慌張，他被識破了，被一個小女孩看透了一切，他戰慄，全身不停發抖，從那時起，他拋下觀眾歸隱山林，將自己藏起來。

穿越人潮，鑽進人海，隨著腳步越走越快，老魔術師隱隱感覺自己似乎快要被時間給遠遠拋在身後。他想，他就要趕不上那班開往時間核心的列車。

老魔術師揚起手，看了看時間，皺眉，老魔術師明明就要趕不上時間了，但他卻看見手腕上的時間越走越遲疑，彷佛脫離了正常的軌道，緩慢的減速。

時間竟然以一種不可思議的方式在背叛他！

時間在十一點二十分猶豫不定。

早晨八點一刻，心理醫生騎著機車，提前經過溪岸大橋。

醫生精神緊繃的專注著前方，他隱隱感覺今天將有一些難以逆料的事情發生，之所以會有這樣的預感，都是因為他出門前，撿到一把時間，一個不停倒數計時的時間。

時間從莫名其妙的地方開始倒數，看著不停倒數計時的時間，心理醫生感覺時間終止的那一刻，彷彿就是自己生命的盡頭。心理醫生額頭不斷冒汗，雙手輕微的顫抖，隨著摩托車不斷的往前，他的情緒就越緊繃。經過每個十字路口或平交道，他都小心翼翼，深怕有輛大砂石車會躲在某個暗處，只等他經過，立刻衝出來，將他攔腰撞上！

不行，這分明是一條通往死亡的路徑，他得繞，繞到他不曾去過的地方，然後從其他不同方向的小徑準時上班！

心理醫生小心翼翼的將機車龍頭拐向東南方的道路上去。一隻大黑老鼠從馬路這頭的水溝鑽出，抖抖身子，甩掉身上的黯淡，人立而起，不停嗅聞空中傳來的氣味，昨夜的一場大雷雨使得今早的空氣分外清新，風從對面馬路吹來，牠聞到對街的排水溝下，有著一塊腐爛的三明治香味。

「吱吱——」大黑老鼠左顧右盼，好不容易下定決心衝過馬路對街去，但是才剛起步，立刻被心理醫生的車輪輾過，唧——。大黑老鼠還來不及完成生命最後的尖叫，血和腸子已先牠一步迸出體外，濺灑在車來車往的大馬路上。老鼠的死狀，還是牠預備起跑的模樣，眼睛爆凸，筆直遙瞪對街水溝下，那塊無福消受的美味三明治。

心理醫生心臟急速跳動，血壓上升一八〇，不時回頭張望那隻臭黑老鼠，差一點、差一點……，醫生嘴唇發紫，渾身冒冷汗，他差一點就要死在那隻老鼠手上。因為當他壓上老鼠的那一刻，車子向左打滑，要不是他反應快，將龍頭向右偏拉，現在躺在馬路中央的，可能不是那隻老鼠，而是自己。

心理醫生大氣不敢喘一口，掌控摩托車龍頭的雙手重得像鉛，他覺得自己快要呼吸不過來了。

再過十五分鐘上班的時間就要到了，然而上班從不曾遲到的醫生，車速卻越來越慢。

「找到你了。」凌晨兩點，月光蹦蹬躍上山巔，照亮整座城市的睡眠，拾荒老人從塞滿垃圾的桶子裡抽身時，手裡多了一隻死亡多時，身軀已經僵硬的貓屍。

銀白月光灑在海面，也照亮老人手中的死貓，是隻三斑條紋的橘子貓，脖子上還勒著長長的紅色尼龍繩，看上去出生不到一個月，舌頭伸得比下肢還長，像是得了哮喘突然暴斃。

老人搖頭，「又是遊戲。」將死貓朝身後一扔，貓屍進了老人背上的大麻袋裡。

拾荒老人弓著身背著海，望看不多久前還人山人海的街道長廊，人群早就散了，店家和攤販也熄燈歇息了，只剩幾面迎風飄盪的旗幟，啪答、啪答，聲響在空蕩蕩的大街上，交頭接耳的相互傳遞。暗巷內，有個躲藏在暗處的身影，手裡拿著一條彷彿西部牛仔的紅色圈繩，從這頭逃竄到另外一頭，拾荒老人才眨眼，那個人已經消失在幢幢疊影中。

海風腥鹹，撲撲的不停拍打拾荒老人的後腦杓，惹得老人全身毛孔糾結，渾身黏膩。

老人抖了抖糾結的毛髮，「這個城……」老人搖頭喃喃。

「走吧。」拾荒老人從口袋抽出一條細繩，將麻袋口緊緊束牢，「嘿唷」一聲將袋子甩上肩後，老人在空氣中抽動鼻子，隨著城裡四處散布的腐敗氣味，繼續邁著漫無目的的步伐，在這個城市裡四處遊走。

「好重的味道……」一名醉漢抱著早已空掉的酒瓶，從街的轉角，搖搖擺擺的與拾荒老人擦肩而過。

老人眼睛如炬，盯著醉漢，「就是他了。」他掉頭，緊緊跟在醉漢身後。

拾荒老人背上的袋子裡，從不放破銅爛鐵，他撿拾的是這個城市的死亡。

「不行了。」老魔術師感覺自己就要趕不上那班通往生命的列車了，因為老魔術師越想使勁往前大跨步，速度就越慢，遠遠望去，老魔術師的動作像極了電影裡，慢動作的分格畫面。

這一切都是因為老魔術師逼近時間核心的緣故。

然而就算來不及，老魔術師還是必須搭上那班列車不可，因為那將是他最後一次，也是最華麗的演出。

列車鳴笛，準備啟動，老魔術師在最後一刻朝車廂中奮力一跳——

完了、完了，來不及了！不停繞著這座城市打轉的心理醫生，原本只是要脫離不停倒數計時的時間詭計，沒想到卻陷入了另一座更大的城市迷宮。

上班打卡鐘聲敲響的那一刻，醫生幾近瘋癲的喃喃自語……人的心理分成十二個層面，每一個層面都有正負兩極，所以要探究一個人的悲傷，可以歸納出二十四種標準型，例如欣慰下的感傷此為極輕度悲傷，或者是自虐型的哀傷，這種算是體質型的病症……，為了讓自己從緊繃的情緒中解脫出來，心理醫生唸咒似的希望自己能從恐懼中清醒。

「臭老頭……活得不耐煩了？敢跟蹤我！」闇闇的暗巷中，拾荒老人和醉漢對峙，醉漢口水四濺，不停大聲斥喝。

拾荒老人不語，只是鬆開麻袋，等待醉漢的加入。

「看你是不想活了！」醉漢憤怒的將手中的空酒瓶砸向拾荒老人。酒瓶在空中翻了好幾轉，重力加速度朝老人額頭上摔去，「碰！」一聲，酒瓶在拾荒老人的頭上應聲碎裂，開出一朵鮮豔火辣的大紅花。

老人的額頭血流如注。

老魔術師終於跳上車了，然而他這一跳，卻足足花了好幾個世紀的日出日落，才終於落到了列車的腹肚之中。而在老魔術師之後，許多人也躍進這不知開往何處的列車，由於人太多，車廂頓時壅塞。老魔術師被人群擠壓，身體被架空，根本踩不著地，就這樣懸在半空中。

是這條？還是那條？心理醫生被計時器猛獸追趕，他心裡焦急，不停加緊手勁兒猛催油，想循著來路，試圖找到分岔的原點。但除了他自己之外，路上的行人都知道，他始終在同一條街上不停繞圈打轉。

心理醫生一會兒急速行駛，一會兒又驚嚇過度的緊急煞車，車輪下傳來陣陣輪胎摩擦柏油的惡臭，像黑龍，如影隨形跟著心理醫生。

拾荒老人用手抵住額頭上不住冒血的坑，張著疑惑的眼，看著醉漢。

「看……看……看什麼？是……是你自找的……不、不要過來……」望著拾荒老人燐燐發青的碧眼，醉漢突然害怕的大叫。

醉漢一陣慌亂的撞翻了身旁的垃圾桶之後，東倒西歪的奔跑，從這個暗巷到另一個暗巷，快速地逃離了拾荒老人的視線，也躲開了老人的跟蹤。

怎麼這麼暗？老魔術師心裡一陣嘀咕，列車到底起動了沒？他的魔術可以開始了嗎？老魔術師想探頭看看車廂外面，但是擁擠的列車使他動彈不得。

怎麼又是這個噴泉?!心理醫生渾身盜汗，噴泉中，一個長著天使翅膀的尿尿小童，對著心理醫生露出詭異的笑，而倒數計時的時間即將抵達終點。

拾荒老人不懂，他明明嗅到死亡的氣味了，但醉漢的力道大得驚人，一點也不像將死之人。此刻，被醉漢撞翻的垃圾桶中，有個東西咕咚掉了出來，朝老人滾了過來。

老魔術師身體晃動了一下，是起程了吧？老魔術師心想，但在浪一樣的人群之中，老魔術師什麼也看不見。

看到了，我看到了！隔條街，不停打轉的心理醫生失聲尖叫，終於被我找到了！醫生眼睛發直，他看見出口了——海。

拾荒老人揉揉眼，朝他滾來的是一支計時的沙漏，老人拿起沙漏湊眼一瞧，發現裡頭的流沙是凝固的，形狀像蛹。老人抽動鼻翼，蹭了蹭，不懂流沙的味道為什麼飽含了死亡的氣息。

突然，老魔術師覺得手臂裡好像有什麼東西在呵他的癢。隨即他便像意識到什麼似的，擠到車廂的制高點，咧開黑洞洞的嘴，對著滿車的乘客得意地宣布：我就說嘛，時間是最偉大的魔術，你們這群傻瓜根本不懂。

心理醫生踩足油門，朝眼前蔚藍一片的出口筆直而去，殺著風，他興奮地尖叫：意識的海洋是我們這個世界上最偉大的出口。

沉重陰霾的氣壓籠罩著這座城市，滴答，滴答，老人手中的時間沙漏開始有了動靜，一點一滴，原本凍結的沙子，開始緩慢的剝離。老人喃喃唸著：沒想到降生的味道居然和死亡那麼像。

在蔚藍的出口之前，是一堵連著海天的灰暗堤防，碰——，心理醫生的機車一頭撞上堤防，整個人翻飛了出去。

然後，一切好像都靜止了下來。

拾荒老人搖了搖許久沒有動靜的計時沙漏，一隻羽化的赤黃蝴蝶從沙漏的蛹中鑽了出來。

撲撲撲，一隻蝴蝶振翅從老魔術師的袖口飛了出來。

逆著光，騰空的心理醫生舞著手腳。

像一隻蝴蝶。

蝴蝶順著氣流，慢慢的迴旋而上，老魔術師和拾荒老人的臉都漸漸看不清了，無所謂時間無所謂生死無所謂出口，只剩下耀閃閃波光萬頃的海，依舊無邊無際。

那時，他們還不知道，他們將在同一時間抵達同一地點，但不是現在，現在不過是他們距離交會點，最接近的時刻。

撤退路線

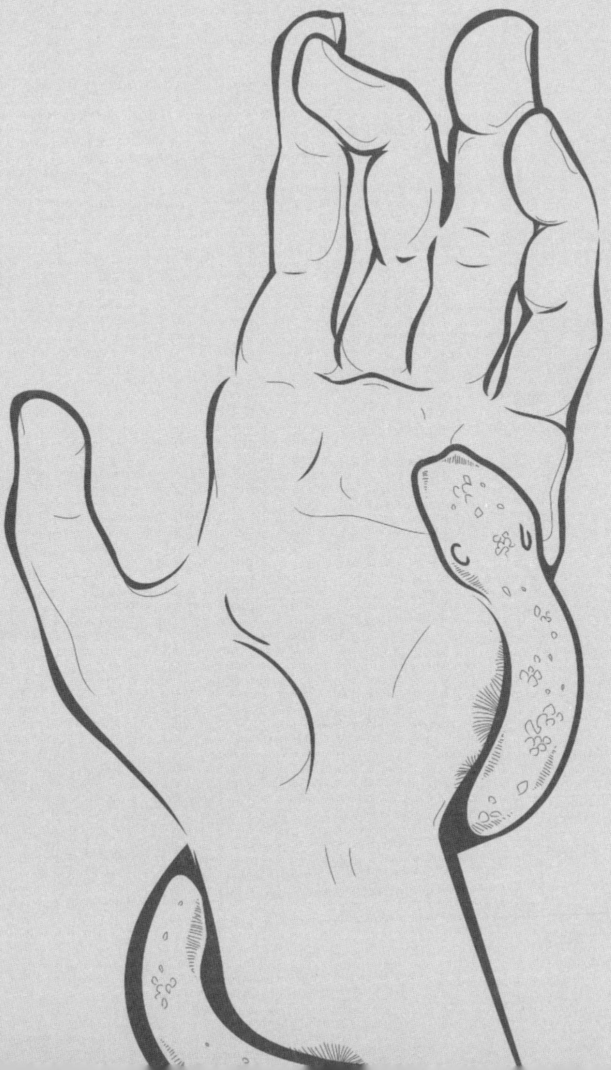

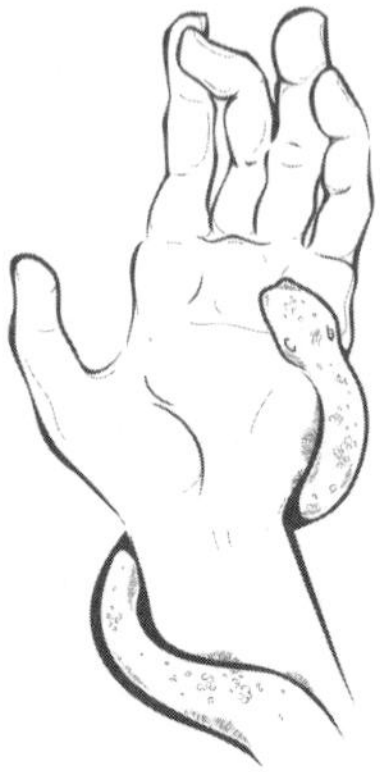

這次，是高雄旗山地方法院。

我自己也不清楚為什麼是旗山，但他們要我來，我就得來。

下了旗山車站時，已經是晚上七點了。

記憶中，謊言比我更早來過這兒。

出了車站，街道被細雨覆蓋一層朦朧，迎接我的是一排昏黃的路燈。沿著路燈，我在雨中快步向前。

細雨迷濛中，我不知道自己該往哪去，有什麼地方是一片光亮，暗影永遠無法入侵的地方嗎？

審判者已經全部就位。

強光打在我的身上，「李梅？李梅？」恍惚中，有人叫我。

「是……我是。」我聽見自己劇烈怦然的心跳聲。

迷濛張開眼，我發現自己已經走進被小高牽累的法院審判庭。

「妳的名字叫李梅？」高台上，檢察官、法官、書記官一字排開。

「是。」

「妳認不認識妳身旁站的這些人?」法官面無表情,語調平板,沒有起伏。

「不,不認識。」飛快瞄了眼身邊的人,不自覺有些心虛。

我強迫自己揚起下巴,假裝清白地直視高台上的審判者。

我確實不認識身旁的指控者,我是清白的,因為那都是小高惹出來的,和我一點干係也沒有。

但我仍然感到恐懼。

這一切都是因為從小,不停的說謊騙人所造成的,因此當我面臨從沒犯下的罪項指控時,即便我說的都是真的,我仍感覺每個人都在懷疑我。

他們的眼睛裡,全都透露著質疑。

「這一切都是假的,妳只要把它當作是一場戲就行了。」我聽見耳邊遙遙遠遠,多年前的達瑪(父親)安撫我的聲音。

「我從來沒看過他們。」我小心翼翼的堅硬起聲音,深怕一不小心,有人發現我心虛的顫抖。

演戲,是的,面對法院的審判,我便不由自主的開始演起戲來,那清白無辜的聲音,以及問心無愧的神情,全都是演出來的,而且是戰戰兢兢的演著,假裝自己也是個受害者，什麼都不知道。

但是我知道，謊言一不小心便會被拆穿。

「一切都是因為小高。」我說。

一切都是因為小高。

每一次，每一個法院候庭室，都有一個不同長相的女人，細說關於小高的一切。

這一次的女人叫秋蘭。

「他對我很好，很愛我，我們沒有一天不上床……」秋蘭一談起小高，臉上便漾起無限甜蜜。

「上床？」我皺眉。

「是啊，我們隨時隨地都在瘋狂的做愛，那時我們好快樂。」秋蘭陷入回憶之中，「他唯一的缺點，就是太沉默了，不愛說話。」

「不愛說話。」

「也不完全不說話啦，因為他就常說他自己是個騙子，要我不要信任他，不過那是他最常對我說的話，他說的時候，樣子看起來很認真，但是我從來沒想過他說的是真的，直到現在我還無法相信……」秋蘭環抱著自己的胳臂。

「後……後來呢？」我的身體有些顫抖，因為小高對待秋蘭的方式和我一模一樣，竟沒有一絲分別。

秋蘭搖搖頭：「後來……後來他拿走了我的身分證，他說他有用處，就走了。之後，我就迷迷糊糊的來這裡了。」

「他現在在哪裡？」我雙手緊握，那是我來法院的目的。

秋蘭搖頭：「我也在找他，我怎麼也無法相信他竟然會離開我，我們是那麼快樂……」

聽了秋蘭的話，我洩氣了。和小高在一起生活時，我也一直深信著，我和小高快樂的日子會一直持續下去，直到收到第一張法院寄來的通知書，我才發現小高不知在什麼時候離開了，而且是永遠的消失了。

從那時起，我開始接到法院的出庭通知單。

一張又一張的出庭通知，每一張上面都蓋有粗體黑字的「詐欺」字樣，而且是從四處各地的法院寄來，為了一件又一件，以我的名字所犯下各式的詐欺案件，不停傳喚我。

從法院通知單寄來的第一天，我便直覺那和小高有關。

我不在乎路途有多遠，從北到南，從東部到西岸，展開一連串的法院之旅，我只想沿著小高留下的線索──出庭通知，追上他的腳步。

在不停奔波應訊的過程中，我開始在不同的法院遇到不同的女子，然而相同的是，她們全都曾經是小高的女人，秋蘭便是其中一個。

日子一久，我才發現小高每到一個地方，便會結識新的女子，並且展開一場戀愛，直到小高離開為止，我也不例外。

「我再也沒遇過這麼好的男人了，那麼專心一致的愛我……」

不知從什麼時候開始，我成了小高交往的眾女人們，傾訴回憶的對象。讓我訝異的是，她們口中的小高，和我記憶中的小高一模一樣，小高用同樣的方法對待我們，熱情、真誠，且毫無分別，我們只不過是小高的複數，然而更特別的是，在這整個過程中，小高沒有對任何人撒謊，他只不過是突然出現，和我們戀愛一場，然後永永遠遠的帶走我們的名字，消失。

而最令我感到驚訝的是，小高的誠實，讓我們不得不懷疑小高一定有他不得已的苦衷，而且我們深信著，總有一天，小高會回到我們的身邊。

審判者不相信我的話。

「小高？」法官面露質疑，「證據都在這邊，根本沒有小高這個人，害他們受騙上當的那些電話，經警方查證，全都是用妳的名字申請的！」法官的聲音響亮，似乎已經先判定了我的罪，然後再進一步引誘我承認所有的罪衍。

「不是我，我真的什麼都不知道。」額頭冒著汗，我低著沙啞的嗓子喊。

我討厭法院，更害怕看見那一張張自以為是，認定全世界都有罪的法官的嚴峻臉孔。

「說謊只會讓事情越來越糟，說實話，法律會寬容妳的。」法官聲音低沉，像我第一次聽見小高一樣。

「只要懺悔，上帝便會恕妳的罪。」第一次見到小高時，他身著一襲黑色長袍，站在逆光的窗台邊，從聖潔純白的光芒中朝我伸手。

「神父，我錯了……」我從黑暗中伸出手，緊緊抓著神父小高。

然後，我放聲大哭。

每一回犯罪，我總會像是為了要贖罪似的，不自覺地來到教堂，失了魂的拚命丟盡身上所有能找得到的零錢到善款箱裡。當銅板在箱子裡發出叮噹的聲響時，我會聽見上帝寬恕我的聲音。

然而那次當我帶著全身的酒氣，走進矗立在小街，有著繁複華麗雕刻的聖若瑟教堂後，無論我如何卸下身上所有的欺騙，投進善款箱裡，我始終聽不見上帝寬恕我的聲音。

那天，我無情的騙走了一個無依無靠，真心想找個老伴，共度餘生的老人所有的存款。

我永遠記得離開老人前，老人眼底的那份堅定的信賴。

「我……我很快就回來，你等我，我……」我說。

老人搖搖頭，笑了笑：「妳不必花心思騙俺，俺知道妳這一去就不會再回來，就算是這樣，俺也不會怪妳，俺只希望妳能再陪俺坐一會兒……」老人最後這樣說。

老人的話徹底擊垮了我。

就在那時，神父小高，在刻有西班牙文「神愛世人」的拱形窗台前，拯救了我。

「……請寬恕我……」我哽咽地說著。

這一切，都是七歲那年，和達瑪（父親）一起旅行的那些日子，達瑪教我的。

第一次是旗山鎮。

我仰頭看達瑪，並不時瑟縮著身體，全身顫抖著。

「旗山鎮，我們來了。」達瑪說。

我不知道為什麼是旗山鎮，但達瑪要我來，我就得來。

為了賺取能夠在城市活下去的費用，達瑪讓我穿得像隻蝴蝶，而我要做的，只是不停的拍動翅膀，到處飛舞，誘引躲藏在人群之中的貪婪目光就行了。

恍惚中，法官一次又一次的宣判我的罪：「妳利用別人對妳的信任，下手騙取別人的財物……」

望著法官不停開闔的嘴，我這才終於明白，我不為小高而來，我其實是為自己而來，為了聆聽當年自己的罪衍。

人影晃動的黑暗畫面中，我看見達瑪牽著或背著我，從高雄的桃源出發，沿著拉庫斯溪，穿越滿山飄滿梅樹李樹的果香小徑，踩著族人終年辛勤耕種敏豆、明日菜的菜圃，不停的往南奔走，一處換過一處，最後終於來到一個充滿迷離香氣、令人暈眩的香蕉小鎮。

許多年後，當我回到部落，我才知道當年達瑪領著我走過的迢迢長路，其實只不過是部落中的飛鼠在半空中一躍一跳，幾棵松樹的距離而已。

這裡就是旗山鎮，達瑪說。

達瑪牽起我的手，不容質疑的快步向前走著，朝一座座用謊言堆成的門扉而去。

通過謊言的門檻時，我看見神父小高，臉上揚起一絲神祕的笑容。

「第一棒的啦！」達瑪用終年打獵的手，捏了捏我的手臂，對著一個陌生中年男子，連連誇讚。

達瑪是部落裡，少數一直拚命賺錢的人，而且他從不喝酒。

「窮鬼才喝酒。」達瑪說，住在山裡梅蘭的族人之所以會那麼貧窮，就是因為喝酒。

「他們的錢，都是賣女兒得來的！」

女兒，是部落族人最值錢的家當，尤其在賣出去以後，不必再花錢養，女兒就會自己長大，長成之後，還會拿錢回家，要不然就是生個女孩回家，供族人下一次的買賣，像個不停下蛋的金母雞。

達瑪看不起部落賣女兒的行徑。

「怎麼樣？」達瑪問陌生男人。

男人身著灰色西裝，一頭蒼白的頭髮，下半身卻穿著隨便，一條工作褲，以及一雙夾腳拖鞋。

我望著金牙穿夾腳拖鞋的腳趾，我的視線立刻被他過分妖長，藏盡所有汙垢的指甲給嚇壞。金牙的指甲像鷹爪，肆無忌憚橫衝直撞的姿態，彷彿正在朝我猙獰的笑。

那年我七歲，該上學的年紀。

達瑪決定成為一個商人。

「上學？笨蛋才上學。」達瑪說：「要賺大錢，別人才看得起。」

達瑪決定帶我到山下闖一闖，學習做買賣，賺大錢。

因此，我沒有去上學，而是和達瑪一起，開始學習做生意。

「怎麼樣？沒騙你啦。」達瑪把我往陌生男人前一推，我因重心不穩而轉了一圈。「好的啦。」達瑪在我的臀上，使勁兒的拍。

達瑪在我的小屁股上拍打出「啪答、啪答」的響聲，從陰暗小巷這頭，快速的傳到另一頭。

我身上的碎花洋裝，小小的裙襬，因為旋轉，而稍稍揚起。我還記得碎花洋裙上蕾絲的顏色，那是我最喜愛的洋裝，也是我所有衣服裡最漂亮的一件了。那是達瑪為了讓我跟他下山，送我的禮物。

不知是我不到膝蓋的裙襬，揚起的輕風，煽動了男人的嗅覺，還是我扭動的身體，勾起陌生男子，身體裡某根被繃緊的琴弦，弦聲「達啷」的從嘴巴笑洩出來，露出男人滿嘴的金牙。

直到那一刻，我才感覺眼前的男人好老好老，比山上的國大斯（爺爺）更老。

「阿妹幾多歲？」金牙一把把我拉過去，這裡摸摸那裡捏捏。

因為恐懼，一整個過程裡，穿著碎花小洋裝的我，始終低著頭。

金牙的褲子有點短，顯得有些窘迫，露出一叢叢虯結的腳毛，像蚯蚓，彷彿每根汗毛都在為了向我示好而蠕動。

我偏過頭，不去看金牙的腳，因為我感覺肚子裡，有東西在翻騰。

「看看。」金牙將我扭開的頭，用兩根指頭給扳正，我的視線又落回金牙噁心的腳掌上。

「阿妹叫哥哥，人家問你幾歲，沒聽到？」達瑪又推了我一把，我被迫撲倒在金牙的西裝外套裡。

「七……」我用兩手，適時撐住了我與金牙的距離。

「怎麼樣？真的沒騙你啦。」達瑪逮到機會，又是一陣滔滔不絕的誇詞。金牙一邊聽達瑪說話，一邊以腳趾，寂寞的，不停朝我點著。

「怎麼樣嘛？很多人等著要喔。」達瑪有些不耐煩。

記憶中，我、達瑪和畸醜指甲的金牙男人，好像玩一場三人四腳的遊戲，就這樣縮擠在一條陰暗的甬道中，進行一場暗盤交易。

旗山鎮小街的甬道多是潮濕、黏膩，尤其是下過雨之後，就成了一條不停蠕動，彎彎曲曲的黑色腸道，陰穢不堪。不管怎麼掙扎，只要一進入那兒，就會有一種被唾液或黏膜包覆的噁心感，吞噬是必然的。

「咁危險？」金牙又露出他嘴裡的黃橙橙的牙齒，笑著洩漏他的顧忌。

「危險？我不是沒良心，要不是山上生活困難，過不去，這是我的肉呢！」達曼拔高音量。

我聽著達瑪的聲音在甬道內，來來回回，一陣蕩漾後，溢出腸道之外。腸道外是迪娜（媽媽）嚶嚶的哭聲。

達瑪決定下山的那天，迪娜哭了，她央求達瑪不要下山，因為她受不了達瑪賣女兒的行徑。

「我不是賣女兒，我是在養女兒！」達瑪抱著我，沿著拉庫斯溪湍急的水流，頭也不回的離開淚流不止的迪娜，走了。

「一到山下，什麼都會變的……什麼都會變的……」迪娜哭得更厲害。

聽著迪娜的哭聲，在山裡、風裡，漸漸小了，遠了，我也哭紅了雙眼。

「很快回來，不要哭，會醜。」達瑪說。

離開部落，接近城市之前，達瑪說，他一定會保護我，不讓我受傷，所以要我像參加豐年祭那樣，就算窮，也要裝得豐收，然後快樂的載歌載舞。

達瑪說，那叫演戲。

聽了達瑪的話，我哭得更大聲，因為我想起，我竟然忘了穿那件，去年迪娜為了讓我參加豐年祭，親手為我織的，有著美麗花紋的衣服，那是我最漂亮的一件了。

後來，我身上就多了這件碎花小洋裝。

我其實應該放心，應該相信達瑪說的話。

但是我實在太害怕了，雙腳不停發抖，怕金牙不知道我和達瑪只是在演戲，最後信以為真，假戲真做起來。

達瑪和金牙仍在交易，我害怕的張著晶晶亮亮的眼，對著甬道盡頭的出口張望。

甬道兩頭，接連的是旗山鎮庄子最熱鬧的市集，鮮蹦活跳的鮮蝦魚貨、堆得像山一樣高的部落時令青菜，還有從外地運來，迷你裙、假貂皮大衣、飄逸的洋裝……等，大批的成衣，掛滿一整排牆。以及牆角下堆滿腐爛或未腐爛的一串串香蕉。

轟隆的叫價、還價聲，還有香蕉發酵腐爛後的迷亂香氣，都從甬道的兩側，湧進巷子裡，將我、達瑪、陌生男人都捲進聲浪的紛亂。

小小的明亮，伴隨著令人暈眩的乙醚香氣，從甬道兩端透進來，讓我既清醒又恍惚。

「甲迡細漢，甘會……」金牙又說。

甬道的三人，挾著各自的心思，在自己想像的浪潮裡隨波搖擺。

「不會，要是會，我敢？」達瑪拍著胸脯，保證。

被浪潮不斷推湧的達瑪，越說越起勁兒。

一直以為長久習慣山裡生活的達瑪，會因為無法適應充滿變化以及欺騙的城市生活，很快就會回到部落，重拾獵槍上山打獵去。然而沒想到達瑪卻比任何人都更適應都市的生活。

「只要遵照祖靈的訓示，沒有什麼我們做不到的。」達瑪得意的說。

達瑪將布農獵人的本事，徹底運用在城市討生活上。

每到一個城市，達瑪便本能的豎起能聽見飛鼠跳躍山頭聲音的耳朵，小心翼翼聽取風裡帶來這個城市的聲音，達瑪說，每一道聲音，都有可能來自於獵物，而辨別獵物的聲音與熟知獵物的習性，是獵人狩獵成功的要素之一。

除了豎起耳朵，達瑪也不停的抽動獵人敏銳的鼻翼，搜尋有錢人的氣息及方位，儘管從外表看來，達瑪總是一副漫不經心的浪蕩模樣，但我知道，他正極盡所能的繃緊身上每一吋神經，只等獵物自己走進他所設下的陷阱裡。

只是，我從沒見過達瑪在繁華熱鬧的城市裡設下什麼陷阱，我只知道每一回達瑪在鎮上搜尋完資訊回到旅社後，總是一言不發的埋首於地板，像個屢勸不聽的孩童，在地板上恣意塗鴉起來。

「知道什麼是最好的陷阱嗎？」有一回達瑪見我滿臉疑惑，從匍匐於地板的專注中，仰頭問我。

我搖搖頭。

「撤退路線。」達瑪笑得得意。

每到一個新的地方，達瑪總是最先計畫逃亡路線，之後才是設陷獵物。

達瑪會將出門打聽到的事情（鎮上有錢人家住的方位、長相、村裡的街道路線圖等，而達瑪畫的最仔細的就是預備逃跑的撤退路線），用石頭或磚瓦，以簡單的線條圖像，在沾滿汙泥的磨石子地板上，反覆推敲琢磨，一筆一筆的記錄下來。

達瑪是城市的尋獵者，而地板則是他獵槍上的準星。

「走，打獵去！」每每鎖定獵物後，離開旅社前，達瑪便會將地板上所有的記號給抹去。達瑪說，那是為了將自己的氣味給徹底消除，避免自己成為其他獵人的目標。

那年，達瑪真的成了一個商人，而且生意很好，雖然沒有賺大錢，但至少不賠本，而達瑪的資本，也就是他和買家交易的商品，是我還未成熟的七歲身體。

一輩子的記憶像部落溪水那樣蜿蜒盤繞細細長長，然而我記憶卻總是停留在那長廊的黑暗中，彷彿自七歲起，進入那個潮臊的暗巷後，我便再沒出來過。

儘管我知道，只要出了黑暗腸道，拐個彎出去，便能看見海。

無垠的，蔚藍的，遼闊的海。

但是我卻讓乙醚的香氣給永遠迷眩，分辨不出方向了。

我失去獵人靈敏的嗅覺。

「太陽落山的七點……溪邊的打穀機倉庫。」金牙從口袋裡掏出一疊整齊的鈔票。

「……溪邊的倉庫，七點，放心，一定準時。」達瑪將錢塞進自己的口袋裡。

金牙蒼蠅般的目光，在我身上嗡嗡，留下一灘灘貪婪的唾液。

「啊——」全身一陣痙攣的戰慄，皮膚立刻浮現紅色斑點。

就是從那時候起，每每一緊張，我的身上便會冒出紅色小疹，一個，兩個，然後是一大片，布滿了整個皮膚表面，像蛇，花紋炫麗的紅蛇。

紅蛇遍布的地方，劇烈疼痛，而且奇養無比。

「夭壽，這啥米？咁有病？」金牙驚嚇的大呼。

「沒事、沒事！孩子天生皮膚紅。」達瑪用身體隔開我和金牙的距離。

「是按泥最好。」金牙鬆口氣，終於笑嘻嘻的走了。

望著金牙離去的身影，我皮膚上，巡視領地的紅蛇，慢慢的退回自己的巢。後來回想，才知道那是一種抵抗，一種為了抵抗侵略的保護色。

「七點我們一定到，以後還要多照顧啊。」朝著金牙的背影，達瑪拉著我的手，朝金牙揮手，「笑啊——」達瑪說。

揮手，我僵硬的笑，然而沒想到這一笑，卻將已經遠去的金牙又給招了回來。

「來時準，穿甲水耶，這响你呷糖。」金牙塞了兩枚銅板在我手中，用過於蒼白的手，在我臉上捏下兩塊紅印記。

紅蛇瞬間傾巢而出。

金牙走遠了，紅蛇卻不退，仍然纏繞，盤據山頭。

成群的紅蛇，一旦傾巢而出，就無法消退，除非脫去一層皮，像曬傷的皮膚，非得等到大規模的斑剝，紅蛇才會隨之剝落。

然而紅蛇退去需要整整一個月，在這段期間，達瑪總是特別暴躁，因為沒辦法做生意，畢竟和金錢對抗日子，很難熬。

沒有人能和金錢過不去。

達瑪從不帶我看醫生，與醫生相比，他寧願相信祖靈的力量，因為請醫生治病處處都得花錢，而祖靈只需要召喚。

因為祂無所不在。

「該拿什麼來孝敬祖靈……」達瑪左思右想，「山裡面的都太遠了，城市裡的又太……」達瑪時而皺眉，時而用手敲打腦袋，「啊！有了、有了，這個說不定行得通！」

生病的那一陣子，為了尋求祖靈庇佑，讓病情好轉，達瑪會在居住的地方，抓來幾隻老鼠或蝙蝠，代替宰山豬殺山羌的傳統，遙祭山上的祖靈。

「祖靈哪，我盡力了，城市裡的獵物就是這麼小，沒辦法，你就委屈些。小是小了點，但總比沒有好，你多少吃一些，等你吃完了，別忘了對我們盡點責任。」達瑪嘴裡嚼著檳榔，一面仰頭對部落山林的方向喃喃。

「老鼠和蝙蝠?!這和在山裡給祖靈的獵物不一樣，祖靈會不會不高興？」我想起迪娜說的，族人一到山下，什麼都會改變的，我想，達瑪不知不覺中也改變了。

「小孩子懂什麼，能夠換換口味，祖靈高興都來不及了，說不定現在還吃得津津有味！」

達瑪自從成為一個商人以後，就變得斤斤計較且吝嗇，付出多少，就要相對的拿回多少報酬，甚至更多。

對待祖靈也一樣。

「行了，到下一個地方去……」

「我不想……騙人了。」

「誰說我們騙人！」達瑪有些不高興，拉著我，腳步越走越快。

「那是他們欠的，一直沒還。」達瑪說，那些錢，是平地人以前跟族人借去的，欠了好久都沒有還，現在平地人有錢了，他只是去討一點回來罷了。

「我們是來賺錢的，別忘了迪娜還在山上等你。」達瑪抱起我，步伐是在山裡追趕山羌的速度。

風中，我聞見從山上飄來，迪娜釀的小米酒的香味。

然而達瑪總是離開一條暗道後，又是一條暗道，一個接著一個，在幽長漆黑不見天日的暗夜，尋找買主，直到月亮跳上山頭，夜色降臨。

夜晚一到，我們就離開，到下一個村莊，再尋找另一個買主，一個欠錢不還的人。

後來，當達瑪老得不能再老時，我繼承了達瑪事業，成了和達瑪一樣的商人。那是他們欠我們的。我一次又一次這樣告訴自己，然後執迷不悟的在城市裡尋找一個又一個欠錢不還的對象。

不管什麼交易，我們一律不兌現，因為我和達瑪都是——

小高也是一個騙子。

「那不是妳的錯，上帝會明白妳的苦衷。」這是神父小高在接過我無助的手之後，對我說的第一句話。

那一刻，我以為我獲得救贖了。

和小高一起的那些日子，我們什麼也不做，只是懶懶的黏膩在一起，一起沐浴，一起吃飯，然後像兩條交媾的蛇，在肢體緊密的交纏下沉沉睡去，就連在夢中也相互依偎取暖。

「我們以後做什麼？」我問。

「不做什麼。」小高緊緊擁抱我，順著衣縫，將手伸進我的胸衣襯墊下。

小高的話不多，剛開始，他還會答上一兩句，到後來，屋裡整天就只我一個人的聲音，迴盪來去，顯得孤孤單單。到後來，索性我也不問了，讓空蕩蕩的寂靜，逐漸占據整個屋裡。

小高從不說愛我，他表達情緒的方式就是做愛。

高興的時候做，痛苦的時候也做。

我們在住屋的各個角落做愛，廚房的高台上、浴廁的洗手台上，甚至是閣樓上，在滿是塵埃的儲藏室裡褪去衣裳，讓彼此赤裸的身上都沾滿了灰塵。

沒有人出門工作，也沒有人在乎生活該如何繼續過下去，我們只是不停的花著所剩不多的碎錢，過著餓了吃飯，睏了就相擁而睡，醒來便瘋狂做愛的生活。

我們沒有一天不做愛，就算是發現我們已經身無分文的那天，無所謂的大笑一場後，我們依舊熱烈的幫對方扯去衣物，然後盡情的沉浸像海浪般翻湧的快感。

有時，我和小高也會整夜不睡，只為守住日出從租賃的窗角，冉冉升起的那一剎那。

和小高一起的每一天，我快樂的想窒息。

「我是個騙子，不要信任我。」這是小高最常對我說的話。

小高說這話時，總是臉色凝重，一副認真的模樣。

「哈哈，如果連神父都是個騙子，那我肯定是這個世上最可惡的壞蛋。」我扳開手指，玩笑的細數過去無數被我誠懇的謊言欺騙的那些罪。

只是那時我不知道，小高從沒騙我，只是我一直不相信。

然而如果要說小高是惡意欺騙，不如說是我自己自願走進小高的圈套裡。

其實不只我，凡是小高交往過的女人，都會既害羞又堅毅的說，沒錯，小高他沒有騙人，這一切都是我們自己自願的。

小高離開我時，什麼都沒帶，只帶走了我的身分證。

從那之後，我從一個一心一意想要逃離那些曾被我欺騙的逃亡者，徹底變成了一個終日追逐真相的受騙者。

我從沒想過自己也會成為被騙的對象。

在惶惶追逐小高的日子裡，有時我會有某種錯覺，彷彿自己追逐的，不是小高，而是幼時那個，不停騙人、拚命逃跑的自己。

我曾經哭紅了雙眼，一遍又一遍的央求達瑪：「達瑪，我不想演戲了，我不想再騙人……」

但是黑暗中，達瑪總是抓起我的手，無視我的哀求，毫不猶豫推開一堵又一堵通往謊言的門扉，然後大跨步而去。

但是推開門之後，走進的卻是一座又一座森冷的審判法庭。

沒想到，現在的我居然逆著撤退路線，一站一站地倒溯回去。

「知道什麼是最好的陷阱嗎？」達瑪問我。

我搖搖頭。

達瑪笑著說：「撤退路線。」

沿著撤退路線，達瑪為我精心布下的陷阱，我又重回到兒時的旗山鎮。

我知道這一切全都是因為小高。

一個偽裝成騙子的神父。

是他領著我，一次又一次地重回犯罪現場，聆聽我應得的審判。

（本文獲二〇〇七年第三屆打狗文學獎小說獎首獎）

神明

暫停。就是這個動作。

當最後一陣風襲來的時候，憨笑墩墩的土地公沒有看見後頭耀閃閃的五王轎，像一把展開的劍扇翩翩灼灼朝自己刺了過來。

然後便是永恆的暫停動作了。

喧騰熱鬧的刈香陣頭順著街巷浩蕩前進。

隨著哨角隊大型嗩吶嗚嗡的悶鳴與鑼鼓一陣十三響的敲擊聲，「五王轎」、「蜈蚣陣」等各陣頭陸續出現，簇擁圍觀的群眾逐漸增多，將代天府「五府千歲」的繞境路線擠得水泄不通。

刈香陣頭裡，一名身著厚重服飾、頭戴全罩面具，裝扮成土地公的神明人偶，背逆著陣頭的方向，顛晃地在洶湧的人群裡推擠，引來不少圍觀群眾的側目。

「土地公你是按怎？急著上便所嘛不是按逗。」有人半開玩笑的調侃。

「頭前在那裡啦！前後都分不清了，按泥也能作神明？」有人戲謔的譏諷。

土地公不以為意，側著身子硬要穿越人潮，但無論他如何奮力向前，總會被洶湧的人海給推回刈香隊伍。

在推搡拉扯之際，土地公不小心撞上後頭迎面而來的「八家將」，憨笑墩墩的土地公面罩應聲落地，露出面罩裡熱汗涔涔的陳浩。

掉落的土地公面罩滾得老遠，一名忘我演出的乩童不察，一腳踩過。陳浩焦急地想上前拾回他的生財工具，不料一抬腳，卻發現整個人動彈不得，原來是身後給人緊緊攫住。

陳浩回過身，一張張橫眉豎眼、凶神惡煞似的「八家將」正惡狠狠地圍瞪著他。面對眼前一張張怒目相視的青面花臉，陳浩腦袋裡想的卻是：

兒子阿偉究竟跑哪去了？

一早，陳浩便身著厚重服飾、頭戴全罩面具，打扮成土地公模樣，頸脖上環掛一串串的祈福圈餅，在如浪潮推來擁去的人群裡，吃力地跟在「五王轎」陣頭後面。兒子阿偉穿著肚兜、頭紮兩根沖天炮、頸掛捐獻箱，一副仙童模樣，緊緊牽拉著陳浩的衣角，亦步亦趨地跟著。

迥異於土地公的笑臉吟吟，隱藏在面罩底下的陳浩，早已被沉重滯悶的土地公服飾道具，給壓得苦臉愁眉，他感覺面罩裡自己的臉頰像煎鍋上的燒餅，滋滋地熱燙酥麻起來。

好幾次，陳浩皆因惱人的悶熱，而浮現逃離的念頭。沒人知道，他多想將土地公面罩狠狠地拽在地上，頭也不回地離開這煩躁擁擠的香陣。然而每當他這麼想時，眼前就會浮現老婆玉鳳企盼的眼神。玉鳳眼眸裡那份堅定的信賴總讓陳浩羞慚，使他不得不壓下逃離的渴望，強忍蒸爐似的悶熱，繼續浮晃在緩慢雜沓的陣頭裡。

暈眩昏亂中，陳浩感覺頸脖被人一勒。

回過頭，一對共撐粉色陽傘，極親暱的青春男女，正從後頭拉扯陳浩頸上的圈餅。看他們時髦的裝扮，不像是本地人，也不像是來這兒刈香的香客，大概是從城裡來這兒看熱鬧的年輕人，陳浩想。

年輕情侶十指交握妳偎我、我護妳的甜蜜模樣，讓陳浩不自覺地打了個冷顫。是的，陳浩羨慕他們，羨慕他們揮霍不盡的青春，更羨慕他們之間那種招之即來揮之即去的露水情意——他們可以輕易地一個轉身背靠背，然後瀟灑地擺擺手離去，眼下的愛與承諾都困不住他們躍動的心。

但是，陳浩更擔憂他們，他和玉鳳也曾經如此無憂，但他現在明白了，那其實是盤根錯節的開始。總有一天，眼前的男女會從他們交握的手上抽長出枝芽、探出根莖，然後永永遠遠地糾結纏繞在一塊兒，成為對方再也棄不掉的人生負債。

陳浩帶著憂懼的目光向眼前的情侶點頭示意，年輕男女不明所以地回了個憨笑，轉頭便要離開。陳浩見狀，著急地再次朝他們點頭示意，情侶仍舊不懂陳浩的意思，還好兒子阿偉機靈地高舉胸前的捐獻箱示意，適時化解陳浩的窘境。

「這也要錢？」年輕女子驚呼。

阿偉原本高舉的捐獻箱被年輕女子這麼一喝，瞬間矮了半截，彷彿做了什麼虧心事似的，心虛地低下頭，左腳蹭右腳地不斷踢磨柏油路面。使得原本就不怎麼扎實的鞋帶一點一點地鬆脫。

陳浩父子倆顯得有些手足無措，尷尬地與來自都市的情侶在馬路上僵峙。總在面對這樣的窘境，陳浩特別想念以往在銀行上班的日子。一種現在陳浩回想起來，還會渾身顫慄的病態想念。

陳浩天生畏寒，近二十年的冷氣房生涯，竟蝕得他手腳筋骨、脊椎尾端早衰退化日日痠疼，嚴重時甚至像有幾條小蛇在噬他的骨。後來，陳浩索性每天一到辦公室便直接躲進廁所，從西裝口袋裡掏出事先在家裡裁好大小剛好的一疊辣椒貼布，一片接著一片地撕開，滿漲著委屈在手腳關節和尾椎處設下慢火煨燒的路障，好抵禦辦公室那幾條寒死人的小蛇。

總在又寒又燥的上班時光裡，陳浩不只一次幻想自己或許比較適合當個烈日下揮汗的勞動工人。額頭上，汗水挾著陽光，流水一般粼粼耀閃的感覺一定很不錯。

只不過陳浩萬萬沒想到，自己竟然真有這麼一天，必須頂著烈日，裝扮成可笑的土地公模樣，在刈香隊伍裡販賣祈福圈餅，甚至尷尬地等待眼前的年輕女子隨便掏一點香油錢扔進阿偉高舉的箱子裡。

陳浩不明白是哪個環節出了問題，工作了近二十年日日門庭若市的銀行，為何會在一夕之間關門大吉？此刻，陳浩唯一清楚的是自己已被嚴峻的社會現實給淘洗出來，現在他是無用的渣滓，比近日電視新聞裡日日出現，永遠精神萎靡面容憔悴的遊民身影，更像渣滓。

穿著神的服飾四處行騙的無恥渣滓。

土地公低下頭，不敢正視年輕女子不可置信的眼睛。

就在陳浩不知所措，猶豫該如何面對女子時，年輕女子為了怕被後頭的「蜈蚣陣」撞上，飛快地從皮包裡翻東掏西，撈出一枚十元硬幣，扔進阿偉手中的捐獻箱，隨後便拉著男友，迅速消失在人海裡。

望著情侶遠去的背影，陳浩這才重重地鬆了口氣。但隨即他一陣怔愣，我不是個神嗎？應該是我施捨給苦難的子民才對啊，怎麼現在全反過來了？

一旁的兒子阿偉受了委屈似的低垂著頭，細小的胳膊緊緊抱著過大的捐獻箱，雙腳不停地磨蹭已然脫落的鞋帶。

陳浩嘆口氣，蹲下身將兒子鬆脫的鞋帶緊緊繫牢，並用手掌為阿偉抹去額頭上的汗珠。

看著未滿八歲的阿偉，滿頭滿臉的汗水髮絲，陳浩實在不知道該說些什麼。相較於兒子阿偉，陳浩至少還有一頂土地公面罩，可為內裡的猥瑣與不堪，華麗又不失莊嚴地修飾一番。然而，暴露在陽光下的兒子，卻得泛著疲累的心虛，一個人負擔兩人份的尊嚴。

「累不累？」陳浩細細地替兒子將歪斜的肚兜挪正。

阿偉抿嘴搖頭。

唉，要不是玉鳳病了，阿偉也不用代替他母親頂著烈日，抱著捐獻箱跟著自己，幹這苦差事。陳浩試著將內疚分一點給妻子。

「回去的時候，我們用這裡的錢買冰淇淋好不好？」陳浩指著捐獻箱說。

阿偉緊緊抱著捐獻箱，猛力點頭，兩根沖天炮隨著腦袋不住前後搖晃。

「還記得出發前爸爸告訴你什麼嗎？」陳浩問。

「要緊緊跟著爸爸，不可以跟丟。」

「還有呢？」

「要像個男子漢，不可以哭鬧。」

「乖。」陳浩撫了撫阿偉的頭。

在進入刈香陣頭之前，陳浩又用手掌為阿偉抹去臉上的汗珠。

暫停。就是這個動作。

相較於另一個橫死街頭的陳浩，此刻正在替兒子拭汗的陳浩算是幸福的。陳浩永遠不會知道這座島上還有第二個叫陳浩的男人（暫且稱呼他陳浩二），長年失業又身染重病，待好不容易籌到一筆小錢，準備到醫院就診時，不料一出門便遇見搶匪，落得最後胃出血橫死在半路上。

橫死街頭的陳浩二眼神空洞，一名警察伸出手將他眼中的無情世界永遠抹去。

刈香陣頭沿著街巷繼續浩蕩前進。

從臉頰、背脊、褲腳滑落的汗水，陳浩覺得今天頭頂上的太陽要比往常來得豔辣。從面罩上兩個圓孔往外眺，壅塞的道路擠滿了做生意的攤販與進香的香客。攤販鍋爐裡沸騰的霧氣與香客手中香枝上繚繞的煙霧，順著微弱的風勢在空氣中氤氳，在被太陽蒸煮的大街上漫淹開來。

陳浩越想振作精神，他的腦袋就越發昏沉，他感覺柏油路面與電線杆不住地扭曲形變，就連他自己，也不自覺地浮晃起來，踩在腳下的街道變得柔軟不真實，他有種隨時都會陷入泥淖的錯覺。

頂著發脹的腦袋，陳浩突然無端地怨懟起兒子的乖順。

一早玉鳳替阿偉著裝，要他跟著自己去刈香時，陳浩還在心底揣想著，這孩子肯定沒多久便因吃不了苦而嚷著要回家，屆時該如何如何安撫他或者曉以大義。

然而此刻的阿偉卻完全一副不符合他年齡該有的乖順懂事，這讓陳浩覺得兒子正像吹氣球一樣無端地膨脹放大起來，一吋一呎一丈……大到足以遮去陳浩的俗世父親身分。現在的阿偉已是一位不折不扣的神祇了，他正俯瞰著自己，嚴峻的目光像烈日一樣監視著陳浩心底的每一縷陰影，不得偷懶，不得懈怠，不得休息……在巡境未抵終點之前。

垂下頭，陳浩只得咬著牙，加緊腳步跟在「五王轎」後頭。或許到了神殿那兒，會有更多虔誠的人潮，屆時薄脆的圈餅便能換算成堅實的幸福，叮叮噹噹地掛在他的脖子上。一想到這兒，陳浩便不由得向四面湧來的香客點頭納笑，希望能多吸引民眾的注意。

刈香隊伍即將行過「五府千歲」神殿，群眾吆喝的情緒聲浪逐漸高漲，排在陳浩前頭，原本用輪盤架起，由幾個意識渙散而沉默的老漢，推牛車似地緩慢推移的「五王轎」，不知何時已被湧進的十數名年輕小夥子替換掉。年輕小夥子將「五王轎」轎底的輪盤拆卸，改以人力扛舉，腳步輕盈地前竄後跳開來。

像是回應群眾高亢的情緒，金獅陣、蜈蚣陣等各陣頭開始比拚、較勁，熱鬧長排的香陣如龍蛇般扭動顛晃起來。

腦袋已然昏脹的陳浩和兒子阿偉，夾擠在陣頭與陣頭之間顯得形單影隻，好幾次險些被前頭顛竄的「五王轎」衝散，要不是兒子阿偉用盡力氣勾拉住陳浩的衣角，阿偉可能早已被意識恍惚的陳浩遺忘在擁擠的人群裡。

通過「五府千歲」神殿的各陣頭無不使出渾身解數：手持粉紅陽傘、臉戴媒婆面具的「十二婆姐陣」，隨著歡慶的樂音，各個扭臀擺腰還不時拋接帕巾；身騎高大駿馬拳握流星槌的乩童，則是一副神靈附體的模樣，拚命將手中棒槌砸向自己頭顱……。

預備入廟的「五王轎」，腳步越來越輕盈顛竄，進五退三的步伐不時衝撞後頭的陳浩，許多圍觀膜拜的信徒因此推擠碰撞。

沿路，幾名被人潮沖散的幼童，在擁擠的人群中哭喊叫喚走散的家人。

從土地公面罩往外看，整條街不知何時開始變得昏濛起來，吵雜的聲音在那一瞬消失。眼前相互較勁的陣頭像在搬演一齣默劇，極度誇張的肢體動作與表情無聲地交織。

「先生，對不起，我們徵的是三十五歲以下的職員，你已經四十五歲……。」

陳浩又想起失業那一陣子。剛開始，陳浩不以為意，只當是得到一段難得的假期。然而漸漸的，陳浩慌了，失業的問題比他想像的還嚴重，整個金融界不是倒閉就是裁員，哪還有什麼工作機會。那一陣子，無處可去的陳浩總是刻意讓自己晾在陽光大好的窗台邊，望著窗外燦爛的天光鎮日發呆，他以為他可以看見以前錯過的什麼東西。

只是意識流動，翻掀過的卻是一頁又一頁的空白。

這之中唯一的收穫是……咦？怎麼突然……突然都不痠了？陳浩一次又一次樂此不疲地反覆搓揉自己的手腳關節，或者像扒手一樣既驚且喜地上上下下這裡偷捏一把那裡賊抓一下自己的脊椎。

終於，陳浩確定，那幾條噬骨的小蛇忘了跟出來，它們被永遠鎖在銀行裡了。媽的，它們也失業了。陳浩低聲咒怨。直到現在他才明白，自己是多麼想念那些經年累月的筋骨痠痛，為他帶來令人稱羨的病態尊嚴。

「啊——」

陳浩的脖子狠很刺了一下。

陳浩轉頭，一名婦人抱著孩子，正在拉扯自己脖子上的祈福圈餅。婦人眼神慈愛，將祈福圈餅小心地剝成碎屑，一瓣一瓣地小心送進孩子的口中。

那雙眼，像極了妻日日夜夜向神明祈求平安順遂的虔誠眼神，望著婦人，陳浩不知為何竟全身緊繃了起來。

吃完圈餅的婦人就要帶著孩子離開，眼看他們就要沒入人潮，陳浩一焦急，便緊抓著婦人，希望兒子能即時將捐獻箱舉高讓婦人看見。只不過陳浩這一回頭，才赫然發現兒子不見了。

陳浩朝刈香人群裡張頭探腦，仍不見兒子阿偉的身影。一旁不知土地公用意的婦人，趁著陳浩尋找阿偉的空檔，帶著孩子到前頭看熱鬧去了。

阿偉究竟是在哪裡被衝散的？陳浩不停回想整個刈香繞境路線。該不會自己跑去買冰淇淋？

一想到這兒，陳浩發了瘋似的朝人潮裡擠去，立刻沿著街邊攤販一處一處搜尋。

群眾見頸間掛滿祈福圈餅的土地公走近，群情興奮地爭相上前搶拉陳浩脖子上的圈餅。不同於肅穆有序的刈香隊伍，陳浩所到之處儼然成了混亂的中心，然而丟了兒子的陳浩根本沒心思注意營生的圈餅，他只想趕緊找到兒子阿偉。

香腸販、彈珠攤、冰淇淋涼飲店，整條刈香繞境路線幾乎被陳浩掀翻，陳浩就是找不到仙童裝扮的阿偉。他懊惱的不知如何是好，這回不僅沒賺到錢，還丟了兒子。陳浩眼簾又浮現玉鳳那雙堅毅信賴的眼神。

因著男人不明所以的私心，陳浩總認定自己是這個家命定的地方神，像城隍、灶君、土地公，雖然神道不高，但卻是對外唯一的窗口。然而事實是，失業之後背著光的陳浩，不覺中竟慢慢變成了這個家的瘟神，凝重的背影遮住了所有的光。

這之中只有玉鳳能輕易地穿越他的防線，以無比哀傷的同情目光，看向他的無助。

陳浩將土地公頭罩脫下擺在膝上，頹喪的坐在刈香活動廣場旁榕樹蔭涼下，原本悶紅的臉頰一下子清爽起來，鬱悶的心情不自覺也放鬆不少，似乎有那麼一下子，失蹤的兒子、生病的老婆、生活的壓力，全都隨著汗水蒸發了。

那一瞬，陳浩好希望時間能就這麼靜止，定格在這靜謐的一刻，因為唯有此刻，陳浩才是自己的土地神，不受任何信徒的支使。

「不用擔心，會撐過去的，因為有你……」妻說。

妻那雙如冤魂般淒淒艾艾，憐憫又堅毅的目瞳，一下子便輕易地闖了進來。一切都是因為妻，因為她那如信眾般盲目信仰的眼神，逼得陳浩喘不過氣來。

「就算出去乞討，至少我們還有彼此……」妻說。

「不行……我沒有辦法……」

「你一定可以的，我相信……」妻說。

然而一如巡境的眾神明，此刻的陳浩，早已因不停被迫出巡的疲累，喪失了庇護信眾的能力，但為了安撫妻如芸芸眾生不斷索討的目光，他只得一次又一次被架著脖子，壯盛而盲目的出巡。

其實陳浩早該知道，這個家真正的權杖在妻的手上，他只不過是被欽定的神祇。

「你一定可以的，我相信……」妻一次又一次的這麼說。

陳浩起伏的心緒，再一次被妻信賴企盼的瞳眸給抑住了。他嘆了口氣，低頭望看膝上的土地公面罩：如果你有靈，就幫我找找我的兒子吧！

躺在陳浩膝上的土地公，依舊憨笑墩墩。

此刻經過廣場的是兩尊身長丈餘的千里眼與順風耳神明人偶，而緊接其後是身形懸殊的七爺八爺，他們也和陳浩一樣，頸脖上皆掛滿一串又一串的祈福圈餅。

陳浩愣瞪瞪地望著他們從自己眼前搖搖晃晃的走了過去，他納納的將手伸直，猶豫自己是否該上前討兩塊真正的祈福圈餅。

只是望著一個個不知是疲累，還是因歲歲月月出巡而早已麻木的神明人偶，陳浩伸出的手遲疑了——欺瞞神明的惡，眾神難道會視而不見嗎？還是眼前搖晃顛過的神偶，其實不過和他一樣，也是個凡夫俗子扮的神明演員，不具任何神性？

陳浩無奈的撐起身子，胸前十來串偽祈福圈餅，迎著刺眼的陽光盪了兩下，脖子上的繫繩鬆脫，其中一串圈餅喀啦掉落。

暫停。就是這個動作。

相較於另一個死在英文字海裡的陳浩，此刻掉了一串圈餅的陳浩算是幸福的。陳浩永遠不會知道這座島上還有第三個叫陳浩的男人（暫且稱呼他陳浩三）。當趴伏在桌面的陳浩三屍首被發現時，他那失去彈性的半邊臉已經陷進一本叫《如何捷進英文單字》的書裡。警察在陳浩三身上只找到一只皮夾，皮夾裡除了幾張霉菌斑斑的繳費通知單外，什麼也沒有。在限水限電的租屋裡，只有一旁的手電筒離奇的亮著。據研判中年失業的陳浩三臨死前正用手電筒苦讀英文，盼有機會東山再起。至於死因目前仍有待查證。

兩名員警合力抬起陳浩三的屍首，從死者的胸口，亮閃閃的，一只安過太歲的平安符，不平安地飄飄墜地。

一張張橫眉豎眼凶神惡煞的「八家將」正惡狠狠地圍瞪著陳浩，而少了面具遮掩的陳浩，心虛的不知該如何面對。

陳浩只好訕訕的上前撿起已被踩得灰頭土臉的土地公面罩，假裝啥事都沒發生，重新戴上。

突然，像是惡作劇似的，「八家將」上前將憨笑墩墩的土地公團團圍住，或搖鵝翎扇、或執判官筆、或揮舞著手鐐腳銬，跳起不知是奇門遁甲還是五行八卦的奇詭陣法。

陳浩覺得一陣暈眩。

「爸——」

正當陳浩和「八家將」僵峙時，陳浩好像聽到兒子阿偉的聲音。

陳浩回頭，但什麼都沒看見。

「爸——」

站在對街的阿偉扯喉向父親喊了幾聲，無奈高分貝的宮廟歡慶，淹沒阿偉的叫喚。情急之下，阿偉逕自穿越廣場，直往陳浩奔去。

「爸——」

不知道是不是阿偉奮力的叫聲起了效用，陳浩再次轉頭，朝廣場上的人群中望去，這才看見兒子阿偉正穿越耍刀使槍乩童亂舞的廣場，朝他這裡奔來。陳浩來不及出聲阻止，急著想要上前喚住兒子，無奈被「八家將」團團圍住動彈不得。

阿偉興奮的直往前跑，沒注意到一旁舞刀弄槍的乩童，就在快穿越廣場時，被竄跳的陣頭給絆倒。

阿偉的捐獻箱如流星殞落，裡頭的硬幣和紙鈔漫天飛舞灑落一地。圍觀群眾見狀，瘋狂的向前爭相搶拾。

陳浩見阿偉跌倒，不知哪來的勇氣，使勁推倒兩名擋前頭的八家將，三步併兩步，焦急地擠進人群中。

群眾見掛著祈福圈餅的土地公擠進人潮，以為廣場上正在分發祈福圈餅，紛紛往陳浩身上推擠，搶拉圈餅。而夾擠在人潮之中的陳浩，一心只想鑽進廣場中心，根本沒察覺脖子上的圈餅早已被群眾搶刮一空。

陳浩撥開人群看見阿偉的時候，阿偉手裡正緊緊握著一張好不容易搶回來的百元鈔票，頭上兩根沖天炮已完全鬆脫，膝蓋和嘴角都有些微破皮的擦傷。

「痛不痛？」一無所有的陳浩，緊緊抱著阿偉。

阿偉像做錯什麼事似的低著頭，只顧著將手裡的百元鈔票仔細塞回捐獻箱。

「痛不痛？」陳浩又問了一次。

阿偉一副害怕挨罵的模樣，將頭壓得低低的，小聲道：「等一下，我一定不會再跟丟。」

陳浩沒想到兒子會這麼回答，一時不知該如何接口。

沒人知道此時的陳浩，腦袋茫然得像豆腐渣。

「……你累不累？」陳浩好不容易擠出一句話來。

阿偉搖頭。

「要不要休息一下？」

阿偉又搖了搖頭。

陳浩沒想到兒子這麼倔強，只好苦笑地摸摸阿偉的頭，說：「回去的時候，除了冰淇淋，我們用這裡的錢買一隻皮卡丘好不好？」陳浩指著捐獻箱。

阿偉緊抱著捐獻箱，猛力點頭，凌亂的沖天炮隨風晃蕩。

看著阿偉堅毅的臉龐，此時陳浩心底更加茫然了。

「爸。」阿偉拉了拉陳浩的衣角。

陳浩茫然地回頭望著兒子，他看見阿偉正牽起自己的手，堅定地朝炮聲雜沓的刈香隊伍裡走去。在推來湧去的人潮裡，只見陳浩尷尬一笑，然後便將原本拿在手上，已被踩皺的土地公面罩又緩緩戴了上去。

刈香隊伍依舊浩蕩前進。

燥熱的行伍中，突然迎面襲來一陣涼風。

「爸，好涼喔！」阿偉仰著臉拉了拉陳浩的衣角。

戴著一副皺巴巴，看不出是哭還是笑的土地公面罩的陳浩，低著頭看了看兒子滿足的笑臉，也跟著點了點頭，笑了笑。「是啊，好涼喔！」

突然，伴隨著兩側群眾的尖叫聲，又竄又跳的五王轎從仙童阿偉後頭衝撞了過來。

循著群眾的尖叫聲，憨笑墩墩的土地公回頭一瞥。逆著光，眼前一陣耀閃閃的，什麼都看不清。然而，瞇著眼的土地公卻警覺的揚起道袍，本能的將兒子攬到身後。

暫停。就是這個動作。

神明演員，不具任何神性的陳浩，不覺中施展了畢生唯一所擁有的法術。終於，五王轎像一把展開的劍扇朝土地公翩翩灼灼刺了過來。

然後便是永恆的暫停動作了。

憨笑墩墩的土地公永遠不知道他體內這個叫陳浩的男人，心底最後一個卑微的念頭是：好涼喔，真希望這陣風能一直吹下去。

（本文獲二〇〇四年第二十二屆全國學生文學獎大專小說組首獎）

理

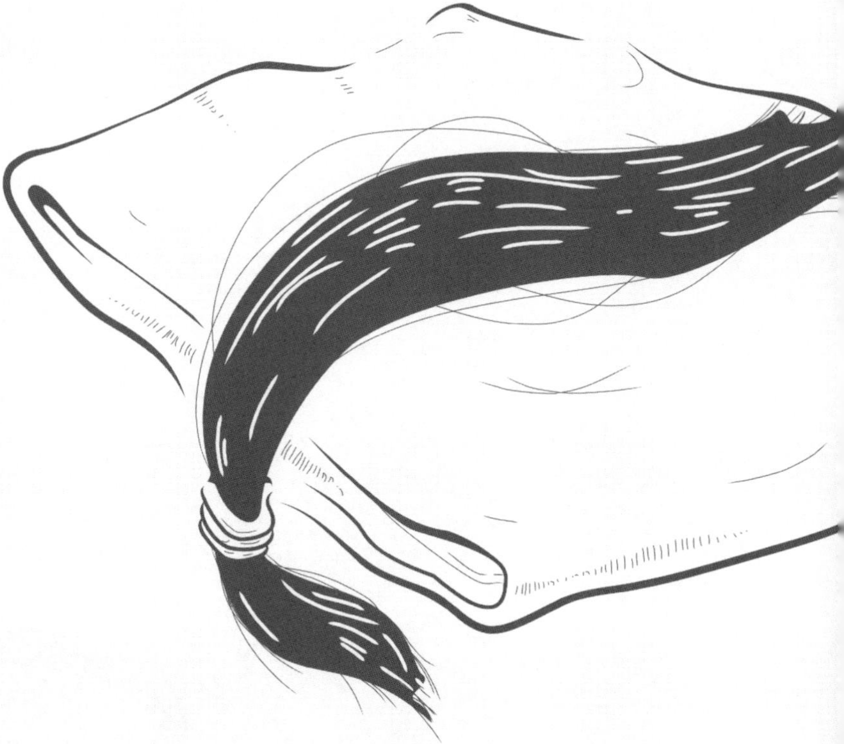

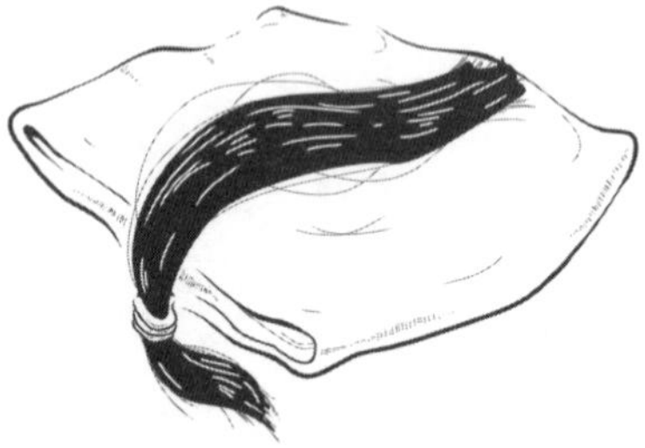

月光沿著嵌在高牆上的鐵窗縫隙漫淹而下，暈黃的光束打在陰暗黝濕的水泥牆上。長久沉思凝坐床緣的我，偶然抬頭，才發覺自己的身影不知什麼時候已被月色給鑲在透明光帷之中，隨著遞嬗增衍的雲層飄移，牆上的黑影顯得明滅不定。

襯著流光，環顧圈綁我十餘年光陰的黑暗牢籠，往昔情懷一幕幕湧上心頭。明日我便要離開這裡，回到陽光照耀的無拘日子裡去了，然而面對自由在即，往日企盼黎明的渴望卻不明所以地膽怯。

取出疊壓在床板下白色方塊帕巾，緩慢攤於手掌，一束排列整齊的乾黃髮束乖順地平躺其中。俯身，細細浸聞殘留在髮絲的味道。

思緒飛快輪轉，我憶及多年前，預備離開獄所的３２６７。

像是為了破除巫蠱蟲毒的禁忌，在３２６７預備離開這裡的前一夜，我被獲准為她理髮。

「我要開始了。」我顫著手握著剪刀，吶吶地對３２６７說。

森然燦亮的剪刀握在手裡顯得凝重。

原本亮銀銀的剪刀，在這個彷彿蟄伏地底的穴居生物的牢房內，少了耀眼蟄人的日照陪襯，銀白的剪刀沒有白日花花下的燦亮，有的只是隱匿伏竄的陰森氣息。

透著微弱的燈光，笨拙地左右挪移我的食指與拇指，尖長森亮的刀嘴在我的帶動下，顯得魑魅。

該從哪兒開始？撫摸３２６７乾枯雜黃的亂髮，我不禁躊躇。３２６７看出我的猶豫，回頭給我一個信任的眼神，像是賦予我修整眼前這片雜亂稻梗殘莖的所有權力。

我輕緩摩挲稻秸觸感的褐髮，我聞到一股隱匿在髮叢間汗水被陽光蒸騰後的焦燒燙金味道，髮縫間還雜揉著淡淡菸草香。

在這四面都是隔絕陽光的厚篤水泥牆凹折槽縫裡，抬頭，除了一扇搆不著也啟不開的鐵窗外，陰濕潮霉早已是這裡的常客，想迎進一縷光束作客，並非那麼容易。而利用白日，戶外的勞動時間，將頭髮曝曬於日照下，浸淫吸取不同於陰冷的金屬味道，則是身處獄所將溫暖亮晃的橙橘觸感帶回潮濕居所的唯一辦法。

我浸漬在這得來不易的燙金味道中。

不知何時，月光自終年不啟的鐵窗漫淹而進，暈黃光束在房內的深坑黑窪中慢爬，逐漸布滿側邊的磚牆，光帷上映著３２６７半身的剪影。隨著光暈慢爬的律動，我輕揪起一小撮３２６７乾枯的黃髮，沒有計畫的，一點一點緩慢地修整著。

「二十多年了，我仍不習慣這裡的闃黑……」３２６７望著地上挪移的光影，幽緩地敘說。

如同久居蝸殼內的蝸牛，永遠無法適應乍然失去硬殼的屏障一般，居住在這裡的人，即便是我，也同３２６７一樣，害怕灰敗闇黑的夜色降臨。

因為總在熄燈之後，一切都無法視見時，夜的心跳聲便顯得魍魅。

拴不緊的水龍頭，終年發出衰敗軀殼裡點滴溶液墜落的空洞聲響；巡房獄吏森冷的鞋靴叩地聲，沿著甬道由遠而近，再由近而遠；還有幽黯牢房裡關不住的各式嗟嘆、咆哮、飲泣聲……。

如果，再靜下心來仔細聆聽，還能聽見蠹蟲囓咬床板書報、蜘蛛吐絲結網撕咬獵物，有幾次我甚至還聽見月光下，自己影子細細挪移的聲響。

在陰濕潮霉的凹槽縫隙內待久了，便不由得渴望黎明。

除了黎明，我也渴望聽見「海」的聲音——藉由一只小貝殼。

趁夜，我總是攀附在我蜷居的蝸室裡那扇高懸的鐵窗，以雙臂支撐身體的重量，然後靜靜地將耳朵附在鐵窗缺露的縫隙，聽呼呼風聲帶來遠方的聲響。

低矮屋簷前，老藤瓜蔓下，老狗如雷的鼾聲；蜿蜒小溪旁，頑童歡鬧嬉戲的潑水聲；傍晚黃昏時刻，母親溫柔地喊喚家人開飯的叫喚聲。

有時我還會聽見——飛機劃破夜空，隱匿在地平線另一端的微弱引擎聲；山腰岩壁上，疲累的海鷗斂翅於巢洞中，覷瞇著眼休息的咕嚕聲；如果我夠專心，風還會為我帶來遠方浪潮拍打礁岩的遼闊聲響。一如附耳聆聽鸚鵡螺，世界的聲音都藏匿其中，而這扇終年不啟的鐵窗下的裂縫，便是我聆聽廣袤世界的貝殼。

我喜愛貝殼裡的聲音，因為那是自由無拘的遼闊聲響。

「……不同於這裡的陰暗，家門後面那條通往學校的石子路永遠是熾白燦亮……」3267不明所以的叨述。

3267捲起褲管告訴我說那條石子路也是她朝拜的聖地，不知為何，她經常在上學的途中被石子絆倒，膝蓋上的坑疤就是跌倒後的戰利品，而她總是在跌倒之後，想到還要繞過一座山丘，經過三個土地公廟，再橫越兩座村民自搭的簡易便橋才能抵達學校，她便不願意再往前行走了。她會賴坐在石子路旁，直到聽見悠遠的上課鐘聲響起，她才將屁股支離地面，朝著反方向往回走，然後爬上家門後院那株樣貌像個枯瘦老頭的老榕——

隨著3267描述的聲音越來越弱，她口中故鄉的樣貌於我而言也越來越模糊，我有一種錯覺，彷彿她傾訴的對象不是我，而是離家多年的３２６７。

取出一只白色的小方帕，我將３２６７剪下的髮絲小心仔細地放在方帕上。

３２６７問我做什麼？

我瞠然不語。我們之間突然湧進大量的沉默暗流，我們在急流漩渦中僵滯著。其實我也不明白自己為何將３２６７的頭髮收集起來，然而就像大富翁遊戲，當棋子踏上寫著「監獄」的方格內，就會自動將棋子挪移到畫有監獄樣貌的格子裡的反射性動作一樣，我看見剪下的髮叢，便本能地掏出帕布，然後順手將剪下的褐髮存放在帕巾上。

直到後來，每當夜色降臨，透過３２６７髮束上殘留的燙金味道的慰藉，我才恍然明白自己保存３２６７的髮束，其實並非完全出於自然的反射。

沉默一陣之後，３２６７又自顧自地繼續敘說。彷彿監視自己家人般，有好幾次，她坐在樹上看著樹下自己母親盛裝打扮，卻躡手躡腳潛入田野草叢間的怪異身影。有時則是聽見終年酒醉未醒的父親嚎罵的聲音與母親細瑣的哭聲，而她總是這樣安靜地坐在老得不能再老的瘦弱枝幹上，等待夕陽西下天空布滿紫色彩霞，等到聽見學校放學的悠揚鐘聲……

她說，那棵老榕的樹幹因禁不起蟲蟻的侵蝕，許多地方已然崩毀朽壞，二十多年過去了，不知老榕現在是否仍佇立存在。

我聽見３２６７悠悠的口吻裡有著輕輕的嘆息。

在她細弱如蚊的敘說裡，我隱約聽見她說，直到現在，她仍忘不了最後一次坐在樹上看著十數名身著制服的警員，從山腳下迤衍上山只為了捉拿她的景況。

一面聆聽３２６７的講述，我一面繼續小心修剪她枯黃雜亂的頭髮。

明日３２６７就要離開這裡，回到她口中那個清晰的故鄉去了，然而我仍不明白為何在她預備離開這裡的前夕，竟要求不會理髮的我為她剪髮。

理髮，是否是為了不將這裡的記憶帶回家鄉的緣故？

不知道我要離開這裡時，我會不會和３２６７一樣，將這裡的記憶全然剪去。

猶記得初來這裡的那些索然無味的日子，每日凌晨五點起床，迅速盥洗之後便是早飯，而勞動鐘聲響起之前，鳥兒才開始啁啾，然後陽光會在休息鈴聲響起之後，透過寢居唯一的鐵窗射入陰暗多濕的居所，做短暫的停留。那是一天之中，陽光唯一進入房內的時間，當然，越接近冬日，陽光溢進房內的時間會逐漸延後。

我沒有停下理髮的動作，只是分心地瞟了眼坑窪地板上不清楚的細白刻痕，那是每日陽光照射進來時，我以指甲痕刻出的記號。

然而就算是在那樣的日子裡：凌晨五點醒來，在固定時間諦聽鳥兒第一聲啾叫，然後回房時會看見一天之中唯一照進房內的耀眼光束。這些，就像終年吃著醃菜醬瓜配飯的日子，儘管苦悶無味，卻哪能如剪去的頭髮一般，說忘就能忘記的呢？

不知什麼時候，我發現３２６７停止敘說，她靜默地低著頭，似乎正在沉思著。

天光挪移，原本倚在側邊磚牆上的暈黃光影緩慢退出鐵窗縫隙，少了月光照射，室內逐漸變得模糊。

沉默許久的３２６７突然扭頭對我說：「我害怕黎明……」

回想認識３２６７的那些年，她經常說的一句話便是，要不是知道黎明正一步一步地逼近，她是絕對無法再忍耐這個陰暗潮濕居所分秒。

捧握方塊帕巾中的髮束，這麼多年過去了，３２６７的髮絲還是那股雜揉汗水與陽光曝曬後的燙金味道。

現在的我，正如當年３２６７面對即將離開永遠的闃黑。抬頭望著高牆上終年緊閉的鐵窗，明日以後，我無須再藉由這只小貝殼，便能自由地聆聽「海」的聲音。

月光不知何時已退出陰濕潮霉的居所，我的身影遁入灰敗之中。

我渴望黎明，然而面對自由在即，我卻更害怕黎明的到來。

凝望掌中毫無生機的髮束，我不自覺地輕揪起自己耳鬢的一綹髮絲，緩緩地修剪起來。

（本文獲二〇〇五年第四屆宗教文學獎評審推薦獎）

狗日的父親

我那狗日的父親，今年八十有二，這是他最後一次走親戚了。

「狗日的，他娘你個屄，什麼玩意兒，老子不會再回來大石莊這狗日的地方！」

我那狗日的父親心不壞，就是嘴潑賤了些。

大石莊是我那狗日的父親在山東的老家，現在是他最嫌棄的地方。

「給我撒聽明白了都！這兒是高級的臥鋪汽車，有衛生間，有空調，還有小錄放，不管你們穿的是啥高檔還是低檔次的，你們每個人都一樣享用得到，但是有兩樣，你們得給我記牢了，車上衛生間只准尿尿不准拉屎，再一樣，為了空調的效率，窗都是死的，你們大可睡覺不要緊，但誰要是抽菸，妨礙了別人呼吸咱高級空調的權力，老子就不客氣了。」從山東荷澤開往黃土高原的長途汽車司機，吼著一口山東響馬的剽悍。

我那狗日的父親知道，能在這行混口飯吃的，全是招惹不起的好樣人物，就算不是地頭，也和該是個要角兒。我那狗日的父親瞧那一個個上車的人，表情都乖的像張柿子餅，甜到頂了，他也就啥都明白了。

我那狗日的父親繳完了一人六十塊錢的車錢之後，也成了一張賣相特好的柿子餅，咧著嘴，紅通通的上了車。

將行李按倒在左側靠窗的臥舖床上後，我那狗日的父親才在中道的臥舖上歇歇腿兒。

狗日的父親才剛倒頭想矇一會兒眼，就瞟見那個嚴格規定別人不准抽菸的老兒，一坐上駕駛座，立刻大剌剌地點了一支菸，舒暢地哈著。我那狗日的父親「嘿」地冷笑一聲，心裡更清明了。

在大陸這兒，規矩是講給那些認識字或耳朵沒聾的人聽的，不認識字或耳朵好的，也就沒了那束縛力。

狗日的父親就算瞧不習慣也得習慣了，反正他無所謂了，只要能趕快離開鄄成這個鬼地方，隨便他們愛怎麼著就怎麼著吧。

我那狗日的父親能坐上這趟車不容易。

在鄄成那個又熱又到處丟滿果皮冰棒棍的小車站裡，車子愛來不來根本沒個準兒，沒被炸成人肉棒子算萬幸。小車站的候車椅上倒著一排不知從哪一年起，就已經在這車站等車的老漢與農家老婦，他們腳下還有一袋袋不知要運到哪個城鎮賣個好價錢的收成。

我那狗日的父親下午兩點鐘進到車站，瞧瞧這副光景就知道事情要壞。「狗日的，俺到渭南去，兩點一刻的車能準時來嗎？」我那狗日的父親原本想，車要是到不了站，他就改搭火車去，火車誤一點時間不打緊，總不可能誤了期，搭不了車。

「喔，準時來，你隨便找個位歇會兒，車來了會通知你。」一個女服務員眼睛連瞟都沒瞟他一眼。

這個車站裡，女服務員比搭車的人還多，而且永遠忙得挺熱火的，一排穿著制服的女服務員嘰嘰喳喳，搧扇子的搧扇子，吃桃的吃桃，聊天兒的聊天兒，她們什麼事都幹，就是不管事。

這一等，我那狗日的父親坐在車站裡就是三小時，他都已經眼巴巴地看著外頭小販，賣鍋餅夾豬肉的膜子都賣了好幾鍋，也看了好幾場車站外「的士」搶包的激烈：不管乘客上不上自個兒的「的士」，司機搶了乘客的包就往車上跑。若有人大叫搶劫，「的士」駕駛便會白你兩道眼，說：「這叫服務周到。」等到我那狗日的父親柳樹般骨頭都快要化了，車子連屁也沒響一個。

我狗日的父親終於忍不住性子：「你他娘狗日的，都這會兒時間了，車到底來不來？」

一個女服務員抬頭看了看牆上的時間，指針剛好指在五點鐘的方向，說：「不礙事兒！」

「怎不礙事？車到底來不來，妳倒是動動腿兒，問一聲去呀！」

「誒？這麼多人都等車，又不是只有你一個人，你急個什麼勁兒？況且車又不是我開的，我哪知道。」說完，女服務員搧著扇子，扭著屁股走了。

望著渾圓扭動的屁股，我狗日的父親等也不是走也不是，焦急的坐也坐不住站也站不穩，直到一個小男孩將他手上吃完的冰棒棍隨興扔向身後，恰巧砸中我狗日的父親的老臉，一個女服務員這才終於從休息室走出來了，朗聲道：

「各位同志，從青島發車到渭南的長途汽車已經在青島車站客滿了，不會來了……」女服務員頓了頓，微笑地等待似乎早已預期的躁動。

但是奇怪的是站內竟然沒有人嚷嚷，彷彿這種事已經司空見慣，除了我狗日的父親：

「兩點一刻的車，你他娘的這會兒都什麼時候了，怎麼能在這節骨眼說不來就不來。」

「就是把咱們都當成三歲娃也不能這麼耍！」狗日的父親又說。

「格老子地無論如何你們得跟他們說一聲，就算把俺他娘的捆在車頂，俺也願意付一樣的錢。」狗日的父親憋著一口氣還說。

女服務員：「哼，操縱盤握在人家手裡，人家就是不把輪子駛來，你能怎麼著，急我也沒用。」

「喀」，我狗日的父親心裡一焦急，竟然把一顆跟了他八十二年的老門牙給崩斷，吐在自己的老手上，「狗日的牙、你這狗日的牙！」

女服務員揚揚手：「這往渭南的長途汽車是不來了沒錯，但是另一班開往西安的車正在朝這兒的路上！而且還是個高級豪華的臥舖空調車，貴是貴了些，但同樣也能把你們送到渭南去！」

「誰曉得妳說的這車買不買妳說的帳，到時又說不來妳背我上山東？」同樣是等車的人突然冒出一句調侃。

「呦喝！我沒那個好福氣，有你們這群王八羔子的龜兒子，瞧瞧你們後頭吧！」

女服務員說完話，開往西安的長途汽車真的來了。

看見汽車真的來了，大夥兒扛糧食的扛糧食，抱小孩的抱小孩，老婦人找掉了的繡花鞋，車站裡人全都擠成一盆熱騰騰的酸氣，燻得眼睛發酸，有個老頭兒還趁機摸了兩把女服務員渾圓的屁股。

我狗日的父親駝著行李，緩慢的跟在人群最後。

等所有人都上了車，好不容易輪到我狗日的父親，女服務員突然手一攔，將我狗日的父親給攔在車門外：「老爺子您等下一班吧！這車滿了。」

「咋咋咋……」我狗日的父親一急，喉嚨咕嚕地嗆了好幾口水，半晌說不出話，只能拚命的喘著。

我那狗日的父親知道他不能再等了，他沒時間了，這一趟路，他挺得太硬朗，太堅強了。現在他累了，累得只剩滿嘴的假牙了。他明白再這樣等下去，就算他把滿嘴的假牙全都給吐了出來，也不知道哪年能等著開往荷澤的車。

「俺他娘的得上車。」我那狗日的父親塞了一百塊錢進女服務員的口袋。

「噯！這我可不能作主，你不是這兒人吧？」女服務員把一百塊錢又給丟還回去。

我狗日的父親激動：「俺、俺、俺咋咧不是，俺老家就住在大石莊……」

「不是我不讓你上車，住在這兒的人都知道，這裡的車難等，車要是來，就得搶。不過老爺子您肯花錢，這事也許容易辦，你給等等！」女服務員進到車裡，把開車的司機找來。

「這車由他作主，你能不能上去得瞧他意思了。」女服務員朝我狗日的父親努了努嘴。

我那狗日的父親趕緊將一百塊錢塞進開車老兒的手裡時，緊張得差點連牙都遞上去。

「行，遇上了我，算你運氣……，你等等。」開車的男人立刻上車，指著兩個人的鼻子吼道：「你和你，下車、下車。」

「咱可是頭一個上來的，怎麼又叫下車了?」被指著鼻子的那個人不服氣。

「老子叫你們下車，算是客氣你們，瞧你們一個個繳一人份的車資，卻把整家人的行李糧食都給扛上車，天下有做賠本的生意沒有，你們要是全都給這些家當都算上價，老子二話不說立刻開車，要是沒有，識相的就趕快給老子滾！」

終於，我那狗日的父親好不容易才擠上了這趟車。

算算時間，我那狗日的父親一共等了五個小時才等上車。在這個從前是個土匪窩如今卻是沙塵充斥的小鎮上，居住在這兒的人似乎什麼都窮，但有一樣，卻多得不成比例，他們口袋裡多的是無窮盡的時間。

還好，女服務員說了，這趟路程原本得花十四個小時的火車時間，但這車開得是高速道，只要七小時就能到渭南，所以算一算，等了五個小時的車也還不算吃虧。

我狗日的父親躺下車，嗯哼地吃力轉了個身，喃喃地說：「他奶奶的狗日的……俺俺俺那個……全都是那個混球羔子……狗日的混蛋……」

我那狗日的父親口中的混球羔子，說的正是他自己的親生兒子。

那個混球羔子的名字叫李宗喜，論血脈，他是我狗日父親和他的大太太所生的第一個兒，所以我狗日的父親在台灣的所有狗日的孩子，都得稱宗喜一聲大哥。但若以年紀來推算，其實宗喜都可以當弟弟妹妹的爹了，但看長相，誰只要瞧一眼我大哥臉上那貓爪子的皺紋，誰都想喊他一聲爺爺。

按照我那狗日父親的說法，我大哥是他在大陸唯一的血脈，卻也是個最混蛋的渾球，把他老家的老臉都給丟光了。

你以為李宗喜是幹了什麼見不得人的壞事？第一次誰聽到我那狗日的父親提起他兒子宗喜時，也當以為李宗喜給人幹了什麼壞勾當，惱怒我那狗日的父親。但李宗喜啥壞事也沒幹過，若真要認真說他的短處，那他唯一的毛病就是太孝順又太苦。

是的，一切都是因為李宗喜太苦的緣故，苦得連我二姑、三叔、四姑以及道三老爺那門的長輩，遇見了我那狗日的父親，都會朝他翹起大拇指：

「宗喜是個苦命的好孩子啊。」

「算他娘個球吧！那孩子有啥苦的，有他老子苦嗎？老子逃難逃了大半個中國，當兵逃兵不知道多少回，最後還差點死在火燒島……」我狗日的父親一聽到所有人都維護他的兒子就惱火了。

「宗喜從小沒爹沒娘也沒人理他，是他自己到田裡挖土把自己給餵大的，他是個老實的好孩子。」

「俺寧願他是個傻子，啥都不會，但他卻學了一嘴的壞。」

在我狗日的父親眼裡，李宗喜千錯萬錯，全都錯在他沒讀過書，是個老老實實沒文化的鄉巴佬，尤其是他那根直通到底的直腸子，壓根沒拐彎的心思。

苦把李宗喜往火裡推，而李宗喜卻不小心把我狗日的父親給供養成了一個嬌生慣養的天皇老子。

其實這也不能全說是我那狗日的父親的錯，壞就壞在誰讓李宗喜都活了那麼一大把年紀了，上頭竟然還有個爹活著。

李宗喜一直以為他爹早死了，死在國共戰爭的砲灰裡，死在被人活活丟進江河中，去做坦克的活人橋去了。直到李宗喜四十八歲那年，當知道他爹還活著的時候，李宗喜的三個兒子都娶了媳婦兒，而且還生了個娃兒，讓他當上爺爺了。原本李宗喜以為人生到了爺爺的年紀就已經活到了頂，但誰知道才剛坐上了爺爺的位置，竟然還冒出了一個爹，讓他從爺爺的位置上，又降為一個兒子的身分。

李宗喜對他爹的孝心其實沒啥話好說，他第一次同他爹相見認親時，李宗喜便扛了一大袋自耕田裡種的花生，從山東鄄城的老家扛到了陝西西安，又是騾車又是牛車又是火車，足足顛簸了四天三夜，才將八十多斤的花生給扛到了我爹面前：

「爹，這是咱地裡今年的收成，您帶回去對岸給弟弟妹妹，讓他們也瞧瞧從咱土地上種出來的滋味兒。」

當時正當年壯的李宗喜一說完，立刻把我爹氣得臉色發白，直嚷嚷：「傻子！莫說能不能過得了海關，你連你爹俺多大歲數都不曉得麼？俺能扛得動這些麼？笨哪！俺怎麼會有個這麼笨的兒子，丟光祖宗的臉！」

長途汽車飛快的開上了高速道。

「叭—叭叭—叭叭叭——吒麼開車地，滾你娘個球，啐！」駛車的男人朝窗外啐了一口唾沫，那口沫才剛離嘴，很快地又被風「啪」地給打回了自己的臉上。

「他奶奶的~叭叭叭！」此去西安一路，刺耳的喇叭好像就裝在我那狗日父親的耳膜上，一路沒停過。

不只這班長途車，整條通往陝西的高速道上，令人痙攣的喇叭聲打仗似的，在高速道上炸開來。

在這場激烈的戰爭聲中，車上的人漸漸都倒下了，而我那狗日父親呢喃的聲音，也逐漸成了一道不怎麼安穩的鼾牆。

沒有意外的話，我那狗日的父親在臨睡前的意識最後，肯定是飄到了鄄城的大石莊，飄到了那個他小時出生的土地上，飄到了那個原本是地主，在村莊裡擁有親人最多的大宅院，如今卻因為文化大革命搞階級鬥爭，死的死逃的逃，只剩一個六十多年來，都在大石莊的太陽下用蠻力耕黎翻土撒種的那個矮小的兒子宗喜身上。

李宗喜是我狗日父親心頭上的一塊心頭肉，刀子插著疼，拿下更疼。

李宗喜是一個讓大石莊頭頂的太陽，火燒了一甲子的六十歲老頭兒，他全身上下從頭到腳沒一處不黑，只是黑得有些黯淡了，他體內流的是黑五類的血液，被劃分為成分不好的他，只能駝著矮小的身軀，在撒天瀰漫著黃土的田地裡沒日沒夜的耕種，活像隻勤奮的老驢。

多年來，李宗喜這隻老驢會在秋天鞭打著另一頭黑驢，犁著一畝小田，趕在秋後將麥子灑到田地裡，直到隔年初夏，麥子梢黃了，好不容易割下麥子，卻又忙碌的將高粱穀子種下，等著秋收。

「宗喜？」村裡人都愛叫喚李宗喜。

「誒！」

「騰個手使使唄！」

「好咧！」

李宗喜雖然個頭不比一隻驢高，但他在比六十歲還年輕個幾歲時，能用嘴將兩百石麥子輕鬆甩上肩，走在田埂上的腿兒依舊利索，一點都不含糊，是村裡出了名的好人。農忙時，誰都要來向他借力氣，把沒人幹得了的活給幹了。

每天，宗喜不是忙和自己的農事，就是忙和別人的，但總是忙別人的時候多，忙自己的少。家裡三畝多的田，全仰賴他的女人下地幫忙才能按時趕上季節收割播種。

早幾年，李宗喜的爹被日本鬼子的砲火給轟出大石莊的時候，當時宗喜才三歲，所以當三歲的宗喜變成二十歲幫人跑腿的宗喜、三十歲幫人擔麥子成了全村待人最熱情的宗喜、四十歲幫人照顧二畝高粱田地卻被人惡意給矇了全部積蓄的宗喜，以及後來五十歲、六十歲東奔西跑整日不得閒的老宗喜，我那狗日的父親自然都沒看過，這些事兒全是後來老宗喜遭遇他爹之後，提起過去，才一點一滴地讓他爹明白在他爹離家的五、六十年的期間裡，這個李家單根獨苗的血脈過的是什麼樣生活。

宗喜在村子裡是熱心腸出了名的，但在我那狗日的父親眼裡，他究竟還是三歲的娃，思想成分想不到透裡去也就算了，竟然連大字也不識一個，讓我那狗日的父親直嚷嚷咱家當了一輩子的讀書世家，竟然出了個文盲。

「不是的爹，俺、俺有也有想過要學，只是俺、俺……」宗喜是怕他爹的，四十多歲才有了爹，誰都會有些怕，因此他說話的聲音也有些抖了。

「狗日的，沒有心！全是因為懶，誰不知道你爺爺是城裡最出名的醫生，你雖然三歲沒了父親，四歲死了母親，但你還有你爺爺可以請教，全都怪你自己不勤奮。」狗日的父親說。

我那狗日的父親大概是忘了，他離家之後，他爹因為遭人誣陷殺了人，被判了十八年的刑，給人關在城裡的地牢裡，壓根沒在宗喜身邊。

我那狗日的父親是個死心眼，只要是他認準的事，誰也不能改變他，所以儘管後來他知道他爹，也就是李宗喜的爺爺被關的事兒，他仍是認定李宗喜不認字的事兒，全是因為懶。

談起我那狗日的父親，說聰明不聰明，說靈巧也不怎麼靈巧，可以說是什麼優點都沒有，但就一樣沒人比得上，那就是他毅力出奇的驚人，尤其讀書的毅力。人家是笨鳥先飛，他是笨鳥多飛，別人早去玩耍了，他卻非得要把書給讀爛了才肯罷手，年年拿第一已經不稀奇，我狗日的父親竟然十八歲就給當上了濟南中學的校長，真他娘的厲害。

不過李宗喜也算繼承了他爹這項優點了，自他被他爹教訓之後，他就開始學認字、寫字，短短的幾個月，他不但認得字，也寫得一手好字，而且還當上村裡為里民服務的代表，整日幫人寫信讀信的差使。

但是我那狗日的父親總是不滿足的，挑剔完這兒，別處也就越看越不順眼：

「宗啊，你家這茅廁也太髒了……」

「爹，不髒不髒，這是為了您回來才新挖的……」

「你活了這麼大把年紀，怎麼不長見識，你怎麼不到城鎮去轉悠轉悠，人家現在都時興用馬桶，解完手把扭一按，水就嘩啦啦把所有屎都沖走，哪像你這兒，今天的屎壓著昨天的尿，昨天的尿又壓著前天大前天的屎和尿，俺每次一進茅廁就一陣噁，吐的比拉的還多，再這樣下去，俺這條老命就要被你的茅廁給嘔死了，下回說什麼，俺也不會回來這窩囊的地方……」

「爹，您回來吧，下回您要是再到這兒走親戚，俺一定把茅廁改得像您說的一樣乾淨，您回來吧，您來到鄄城走親，不回來看看這老家，別人會以為俺不孝順……」李宗喜說到這兒聲音都有些沙啞了。

「狗日的，照你這麼說，俺還得顧著你孝順的面子，來這兒丟掉老命是不是？」

我那狗日的父親火了。

「不是的爹，俺只是、俺只是……」李宗喜心裡一急，結巴的啥話都說不出了。

「俺實話告訴你吧，你這兒衛生不乾淨，俺再回來就非得死在這兒。你瞧瞧你們給俺吃的豬肘子和燻雞，臭酸的不像樣，連個冰箱也沒有，食物都壞了還讓俺往嘴裡送，俺一吃就瀉肚，俺是不是非得要死在這兒了，你才叫明白孝順的道理！」

「爹這個……這個……」李宗喜眼睛骨凸骨凸的直冒汗。

那時每門李家親戚都覺得李宗喜可憐極了，可憐他都已經這麼老了，竟然還有個愛管閒事愛挑剔的爹在上頭。

李宗喜從外表看上去，長得其實不太像我狗日的父親的兒子，反倒像我狗日父親的爹。李宗喜瘦小、虛弱，牙也全沒了，走起路搖搖晃晃，老得連我狗日的父親都想攙扶他一把。

我狗日的父親每回看到李宗喜時，總是皺著眉頭：「宗啊，你未免也太老了！老得連俺這個爹都想掐死你。」

「是是，爹……」每當我狗日的父親嫌棄李宗喜的老態，李宗喜就會挺起腰桿，故意奮力的向前大邁步。

李宗喜總是將我爹的話當作改革標竿，但是宗喜越是這樣，他爹的眉頭就擰得越緊，幾乎就要擰出水來。

這天，當李宗喜一聽說他爹又決定回老家走親戚時，當下就將農田裡的事全都放下，交給了他的女人，而他則腳步輕快的逢人便喜孜孜的笑著，若有人問起：

「上哪兒？咋那麼喜歡高興？瞧你樂得嘴都合不攏！」

「俺爹就要蹬回俺家村來了、俺爹就要蹬回俺家村來了，俺得趕緊去城裡找個搞建設！」

「你爹回來和搞建設的有啥關係？」

「是是，沒啥關係、沒啥多大關係……」

李宗喜從城裡回來時已是三天之後的事了。宗喜是踩著清晨第一道露水回來的，而他扛了六十年麥子的背，這天竟然扛了一個中間破了個洞的大石頭回來。

宗喜的步伐很緩慢，當他的身影出現在村口，村裡人立刻瞪大眼：

「啥？這是啥玩意兒？」

「呵呵、呵呵。」宗喜顧得了腳下，就顧不上說話，只能呵呵地笑。

宗喜花了三天的功夫扛了一座令村裡人納悶的石頭，又花了一天半的時間，將石頭給豎立在荒地裡。

廣大的黃土荒地上，就孤伶伶地立著一個座椅似的大瓷石。

宗喜辦妥這事之後，立刻跟他女人說：「田地裡，妳好好頂替著俺，等俺爹回來一切都值得咧。」說完，宗喜又咧著嘴，喜孜孜地到城裡去了。

「又幹啥咧？」村裡人見到宗喜，忍不住又嘲笑宗喜：「該不是又去城裡扛石頭回來唄？」

宗喜不在乎村裡人說啥，他的腦子裡，只有他爹說的話。宗喜咧著嘴，踏著既顫頇又顛簸的一雙老腿兒，緩慢又急促的去城裡找親戚，想商請親戚幫忙。

五天後，宗喜又回來了，這回他是踏著自己滿地的汗水回來的。這回他的背上，背的既不是麥子也不是高粱，更不是上回的石頭，而是一個有稜有角四方的大鐵塊。

「這又是啥？」

「呵呵、呵呵。」六十歲的老宗喜每走一步路，骨頭就是一次鬧分家。走走停停的宗喜，最後還是村裡人看不下去，合力將宗喜的四方大鐵塊給搬到宗喜的宅院裡去。

六十三歲的老宗喜得意的將四方的大鐵塊放在最醒眼的大院裡，讓每一個一進他家大門的客人，一眼就能看見太陽將大鐵塊曬出刺眼的光線來。

然後，宗喜的爹回到山東來了，宗喜趕忙又進城接爹去。

然而我那狗日的父親一看到宗喜，就皺著眉頭對宗喜說：

「宗啊！俺不回去咧，你來城裡看爹就夠了，咱老家那樣髒，俺在城裡走完親戚就走咧。」

「爹，俺俺……您說的那兩樣東西，俺都買好了，您回來唄？您回家看一趟唄？」

拗不過我大哥宗喜的一片孝心，我那狗日的父親終於第二次回到大石莊走親。

一進門，我狗日的父親的眼睛，就教院子裡矗立的那口大鐵塊的反射光給螫了一下。

「啥玩意兒？」我那狗日的父親一時看不清。

「爹，這是冰箱，您上回不是說……」

我那狗日的父親拉開冰箱，一股魚肉腐爛的惡臭撲面而來——

「狗日的他奶奶、你他奶奶的狗日的！咋搞的？這是咋搞的！」

「這是借……不，是俺些時候去城裡買的……」宗喜看著爹，連話也講不清了。

「他奶奶的，愚蠢！你到底是咋搞地呀，你腦筋是死地呀?!這兒單位不供電，你弄個冰箱幹啥？弄來也就算了，你還自作聰明把冰箱擺在太陽下，你是沒長腦袋還是從小腦袋就叫蟲給刨出來吃了?!冰箱放在太陽底下，不就成了個大悶爐？氣死俺了！俺咋會有個像你這樣的兒！」

「爹您別氣，俺不知……俺不知道會這樣……」向親戚借來的冰箱，宗喜花了五天好不容易運回家，本來是想讓我那狗日的父親吃一頓新鮮的飯菜，這會兒全玩完了。

「唉呦～」我爹突然捧著肚子，唉唉的叫著。

這一次我那狗日的父親走親戚的路上，啥病都找上門，傷寒感冒心悸全身發冷，趕著湊熱鬧似的，一個接著一個，全都在我狗日的父親身上找到了發展的空間。

「爹您咋咧？」

「俺肚子鬧疼，這會兒不行啦。」

宗喜一聽，原本揪成一團的臉上，出現幾分愉悅的線條：

「爹，您鬧肚子疼鬧對了，咱家的茅坑現在可是全村唯一最衛生、最乾淨的，那可是俺從城裡託人買的馬桶……」

「你他娘的，你老子都疼得慌，還說個啥勁……唉呦……真他娘的疼死俺了，還不快領俺上茅廁。」我爹一手抱肚子，一手捂著屁股。

最後我那狗日的父親終於在他兒子的攙扶下，坐上了全村最乾淨也最衛生的馬桶上。

那是一個豎立在一片荒蕪的黃土上的馬桶，而且重點是沒有門。

「狗日的宗喜！」我那狗日的父親坐在馬桶上，恨恨的望著一堆村人切齒。

整村的人都來了，一層圍著一層，大人抱小孩，小羊騎老驢，可熱鬧了，就為了欣賞一眼我那狗日的父親坐馬桶的英姿。

「來了，讓讓，水來了。」我狗日父親的狗日種，李宗喜這會兒提著一桶水，穿越層層圍觀的畜生，然後駝著背，立在我狗日父親的身旁，等著他狗日的父親拉完屎，幫馬桶沖水。

「狗日的馬桶！」我那狗日的父親又一切齒的說。

長途汽車的臥舖車上，每個人都睡了，車內的鼾聲你推我我擠你比賽似的，將窗外的夜色全都給嚇得退到好幾丈遠的樹林後頭，只剩幾盞要亮不亮的霓虹燈，不知死活地劃過車玻璃。

昏闇的燈光，在我那狗日的父親的殭屍蠟黃的臉上，一下明一下暗的映閃，伴隨著從睡著的幾個大漢的嘴中、胳肢窩、胯下、臭腳丫子的尿臊酸腐味，在密閉的長途汽車內，扭曲成一種矯揉造作的怪異神情。

我狗日的父親突然嗯哼了一聲，在夢裡開罵了：「他奶奶狗日的，狗日他奶奶的，老子、老子……那算哪門子的衛生……」

我那狗日的父親心裡一氣，嘴巴一歪，突然從夢裡坐起來了：「俺要個衛生的茅廁，竟然就弄個沒門的茅房給俺，狗日的……」我那狗日的父親話沒說完，又咕咚一聲，倒在汽車的睡床上。

我那狗日的父親脖子一歪，手一鬆，一顆跟了狗日的父親八十多年老門牙，掉落在正在朝荷澤狂奔而去的長途汽車上，無聲無息。

我那狗日的父親，今年八十有二，這是他最後一次走親戚了。

後記

幸運女孩

我的手上有一把刀子。

這一切都得從〈迷路的水手〉開始說起。

那一年，我在創作的途中離了席，跑去和交往多年的男人結了婚，從此我的右手關節處，長出了一個像是刀子的東西，每天想要跟我搏鬥的樣子，它總是高昂的與我對峙。

從那時起，我的手就如同脫韁的野馬，掙脫出我的控制，不停的在鍵盤上打滑，從前那些規規矩矩、有結構有情節有人物衝突的故事，再也與我無干。我手上的刀子成天威脅著我的手，在鍵盤上自己敲出一篇又一篇的作品，而〈迷路的水手〉就是眾多作品裡的第一篇。

隨著創作的時間越長，刀子成長的越快，從水果刀，很快地長成了西瓜刀的模樣，我的作品也一路從「水手」變成了「走電人」，然後又從做走電的變成「躺屍人」，我很怕不去管它，它會長成一把開山刀，切斷我手腕的經脈，脫離與我的連結。

於是，趁它自立門戶前，我跑去生孩子去了。

我是個非常幸運的女孩，這一懷孕生子，居然生了六年，而且成果非凡，陸續生養了三個孩子。

那段時間，手上的刀子，因為停滯敲打鍵盤，居然自己消失了，而我卻再也回不了寫作的邊境了。

從此，我揣想著，就因為我是女孩，再加上足夠的幸運，所以我才能幸運的懷上孩子，經歷男人一輩子都不用體會的孕程，也幸運的遭遇產後大出血的命運，也因此我能比別人更深刻的體會生命的無價。

但，我也真是，太幸運了吧！

萬一有一天，我失去了記憶，什麼話都無法說出口時，我還會記得自己是個幸運女孩？

從小，我總是走在與眾不同的道路上。

當我和鄰居玩伴正玩得興頭時，玩伴的媽媽們總會掃興的跳出來，趕著玩伴回家寫功課，只有我沒有，因為我母親打從我有記憶開始，就不知跑哪兒去了。望著空蕩蕩的遊戲場，我想，我真幸運，所有的遊樂設施都是我的了，只是這個幸運總讓我有泫然欲泣的想望，因為遊戲場太空曠，而我太小。

當我母親離家，父親必須一個人獨立照顧四個孩子時，我的父親總對我特別的關愛，除了我是最小的孩子之外，更重要的是四個孩子之中，只有我是女孩。

父親對我最特別的是，哥哥們無論怎麼在外頭玩樂放縱，父親都無所謂，只有我例外，我不能豪無節制的玩，甚至不能出門，我只能瘋狂的打掃、洗碗以及做家事，如果問父親為什麼，父親會說：「因為妳是女孩。」

我想，我還真幸運，就因為我是女孩？

有時當太多幸運降臨在我身上，我會討厭自己身為女孩的事實，然後我會對父親咆哮：「為什麼又是我？」

沒有意外的，父親會說：「誰叫妳是女孩，還有，注意妳的態度。」

每每聽父親這樣說，我總會有股衝動當著父親的面，想把我這身「女裝」脫下來，還給父親，然後對他說：「我是男孩兒。」

但幸運的是，這是不可能的事。

就這樣，一路從幼稚園、國中、專科，甚至到研究所，我從來沒有脫離女孩的本分，也從來沒盡興的瘋魔過，就像亮如白晝的的夜市裡，套圈圈的遊戲一樣，我徹底的被「女孩」這個圈圈給套牢了。

當這些降臨在我身上的幸運漸漸變得沉重時，我不想再這樣一直幸運下去了，於是我離家。

為了徹底的離開家，我在創作最豐沛的歲月，跑去結婚了。

我以為如此一來，終於可以脫下身上這套不合身的「女孩」服，隨心所欲過日子了。然而婚後第三年，我不知是太過幸運還是不幸，我懷孕了，而當初那個屬於「女孩」的幸運緊箍咒又回來了。

為了面對生命的大哉問：「我是幸運女孩？」我決定努力的泅泳回到創作的岸邊。

為了證實我真切的是個幸運的女孩，我開始在凌晨天還沒亮，窗戶外還透著黑，越過三個還在昏睡中的孩子，摸黑來到書房，暗自鬆綁我手腕上的刀，讓它恣意的生長著，長成它自己想要的樣子。

於是，睽違將近十年雜草重生的創作邊境，在刀鋒所到之處，劈砍出自己的人生，更多光怪陸離的職業，更多曲折荒謬的小人物，在幸運女孩手腕上的刀子揮舞下，再度啟程，展開了自己的故事。

看著這些作品，看著自己一路走來的路徑，我想，能在養育三個孩子的縫隙裡，讓創作的大刀恣意揮舞，我確實是幸運的。

在這一場名為女孩的人生旅途中，恐怕再沒人比我更幸運了。

當代名家・李儀婷作品集1

走電人

2017年6月初版 定價：新臺幣280元

著者	李儀婷
總編輯	胡金倫
總經理	羅國俊
發行人	林載爵
叢書主編	陳逸華
封面設計	兒日
校對	施亞蒨

出版者	聯經出版事業股份有限公司
地址	台北市基隆路一段180號4樓
編輯部地址	台北市基隆路一段180號4樓
叢書主編電話	(02)87876242轉224
台北聯經書房	台北市新生南路三段94號
電話	(02)23620308
台中分公司	台中市北區崇德路一段198號
暨門市電話	(04)22312023
台中電子信箱	e-mail：linking2@ms42.hinet.net
郵政劃撥	帳戶第0100559-3號
郵撥電話	(02)23620308
印刷者	世和印製企業有限公司
總經銷	聯合發行股份有限公司
發行所	新北市新店區寶橋路235巷6弄6號2樓
電話	(02)29178022

行政院新聞局出版事業登記證局版臺業字第0130號

本書如有缺頁，破損，倒裝請寄回台北聯經書房更換。 ISBN 978-957-08-4962-2 (平裝)
聯經網址：www.linkingbooks.com.tw
電子信箱：linking@udngroup.com

國家圖書館出版品預行編目資料

走電人/李儀婷著．初版．臺北市．聯經．2017年6月（民106年）．240面．14.8×21公分（當代名家・李儀婷作品集1）

ISBN 978-957-08-4962-2（平裝）

857.63 106008747